La chute d'un tyran

Fricki Fall

La chute d'un tyran

Roman

En application de l'art. L.137-2.-I. du code de la propriété intellectuelle, toute reproduction et/ou divulgation de parties de l'œuvre dépassant le volume prévu par la loi est expressément interdite.

© Fricki Fall, 2024

Rédaction : WriteControl
Correction : Antidote
Couverture : Canva

Édition : BoD · Books on Demand GmbH, In de Tarpen 42, 22848 Norderstedt (Allemagne)
Impression : Libri Plureos GmbH, Friedensallee 273, 22763 Hamburg (Allemagne)

Impression à la demande
ISBN : 978-2-3225-3568-2
Dépôt légal : Décembre 2024

Je dédie ce livre à tous ceux qui se battent pour la liberté, la démocratie, la justice, à travers le monde, ce au prix de leurs vies. Je le dédie également à tous ces héros qui n'ont pas peur d'affronter des dirigeants autoritaires, tyranniques, avec des penchants pour la dictature, pour libérer leurs peuples et leurs pays de l'injustice, de la corruption et la mal-gouvernance. Un monde meilleur est possible, si la démocratie et la tolérance de l'adversité politique sont de rigueur.

F.F

Prologue

Il était une fois sur le continent des grands hommes, un pays nommé le Nyambara. Il avait emprunté son nom au grand Fleuve Nyambara qui le séparait de ses voisins. Le Nyambara était une terre prospère, avec un peuple uni, pacifique et très accueillant. Le pays était connu de tous les étrangers pour l'accueil chaleureux qui leur était réservé à chaque visite. Les étrangers venaient de partout pour visiter le pays.

Le Nyambara était béni des dieux par ses trésors naturels. Le pays se trouvait au bord de la mer ; il était baigné par le soleil presque toute l'année. Les Nyambarois étaient de grands pêcheurs, ils pratiquaient cette activité depuis la nuit des temps. Le poisson qu'ils attrapaient avec leurs pirogues artisanales ornées de dessins artistiques constituait la base du plat principal du pays : le riz au poisson.

Pendant quatre mois, le pays était arrosé d'une pluie abondante qui faisait pousser le mil, le maïs, le riz, l'arachide, et tout ce qui nourrissait le peuple. Ils étaient de très bons agriculteurs, qui savaient tirer parti des ressources naturelles disponibles pour faire de fructueuses récoltes. Le Nyambara était très porté sur ce secteur économique.

Les habitants du Nyambara appartenaient à diverses ethnies, ils pratiquaient diverses religions, mais ils vivaient en parfaite harmonie. La majorité de la population était des musulmans, il y avait également une minorité de chrétiens, et d'animistes qui pratiquaient la religion traditionnelle. Les Oracles de Zangala faisaient partie de cette dernière catégorie, ils pratiquaient la religion traditionnelle. Ils étaient très respectés et craints dans tout le Nyambara. Les gens venaient de partout pour les solliciter afin d'obtenir les faveurs des ancêtres.

Le peuple du Nyambara était divisé en plusieurs ethnies majeures et minoritaires. Chaque ethnie avait ses us et coutumes, qu'elle célébrait au fil du temps. La tradition et les anciens étaient très respectés dans toutes les ethnies. Les chefs coutumiers représentaient chaque ethnie lors des grands évènements, comme les cérémonies religieuses, les fêtes populaires, les cérémonies officielles.

Malgré cette forte diversité religieuse et ethnique, le peuple du Nyambara vivait en parfaite harmonie dans tout le pays, ils cohabitaient pacifiquement, partageait les marchés, les écoles, les services publics, quotidiennement sans heurts. Le Nyambara était cité comme un exemple dans tout le continent des grands hommes.

De puissants royaumes avaient cohabité sur ses terres. De grands rois avaient écrit leurs épopées en lettres d'or. On leur rendait hommage à chaque occasion, on célébrait leur bravoure et leur résistance face à l'envahisseur. Les terres de cette belle contrée du continent des grands hommes avaient été envahies deux siècles auparavant par l'homme blanc, à la quête de ressources naturelles pour nourrir sa machine industrielle. Ils s'accaparèrent de bonnes terres et d'hommes vaillants, les réduisant à l'asservissement. Les Rois et leurs armées s'étaient battus avec leurs armes désuètes jusqu'au bout de leurs vies pour libérer leurs terres de cet envahisseur armé de fusils et de pistolets.

De grands hommes de science, des dignitaires religieux, de grands chefs coutumiers et traditionnels avaient également résisté à l'oppression de l'homme blanc. Après un long combat jalonné de sacrifices, ils finirent par obtenir gain de cause, avec la déclaration de l'indépendance du Nyambara. Ainsi naquit le jeune état. Un président fut désigné par les occupants pour diriger la terre nyambaroise. Il avait la périlleuse mission de jeter les bases d'une nation, de mettre en place les institutions caractéristiques d'une république, de mettre le jeune pays sur les rails du développement.

Ce dernier eut à affronter de nombreuses crises politiques, certaines étant très graves. Il resta au pouvoir pendant une vingtaine d'années avant de démissionner. Son bilan était mitigé, il n'avait pas vraiment réussi à se défaire de la tutelle des anciens oppresseurs. Il n'avait également pas réussi à donner une orientation économique claire au Nyambara qui dépendait beaucoup des aides et subventions de pays étrangers.

Il fut remplacé par son poulain et Premier ministre. Ce dernier gouverna le pays pendant une vingtaine d'années. Il était parti sur les mêmes bases que son prédécesseur avec un immobilisme notoire dans la gestion des affaires de l'État. Il ne faisait que gérer les affaires courantes. Ses priorités consistaient à payer les salaires des fonctionnaires, à assurer la disponibilité des denrées de première nécessité. Il n'y eut aucune politique industrielle, agricole ou infrastructurelle réelle sous son magistère. La majorité des infrastructures du pays dataient de l'époque de l'envahisseur qui les avait construits pour transporter les ressources naturelles qu'il convoitait.

Ce fut sous son mandat qu'un opposant émergea de la scène politique nyambaroise. Il s'agit de Nala Sembé. Un avocat qui s'était lancé dans la politique pour apporter une vraie politique de développement au Nyambara. Il était jeune, combatif, intelligent. Il voulait lutter contre l'immobilisme et la tutelle des anciens oppresseurs. Le Nyambara connut de nombreuses crises politiques qui impliquaient le tonitruant et virevoltant opposant. Il fut emprisonné, puis libéré, mais son engagement et son ambition politique étaient intacts.

Il réussit finalement à battre le successeur du premier président lors d'élections historiques. Il s'agissait de la première alternance démocratique dans le Nyambara après quarante années d'indépendances. Ses longues années d'opposition n'avaient pas été vaines, il avait l'occasion de mettre en pratique son programme qui devait changer radicalement le visage du Nyambara et le propulser dans une nouvelle ère. Il comptait sur les cadres de son parti, qui étaient nombreux, pour le mettre en œuvre. Parmi ces cadres, il y en avait un du nom de Sefu Mandeba.

Il avait adhéré au parti de Nala Sembé une vingtaine d'années auparavant, durant les dures années d'opposition face au successeur du premier président. C'était un responsable de base, qui représentait le village de Zangala et ses environs. C'était un jeune politicien, qui cherchait à se faire une place sur la scène politique du Nyambara. Il avait beaucoup d'ambitions, mais il était patient, mais aussi très discret. Au fil des années, il avait gravi les échelons, il avait intégré le bureau des cadres du parti. Il s'était rapproché de Nala Sembé qui l'appréciait beaucoup.

Dès son accession au pouvoir, Sefu Mandeba avait été plébiscité par son chef de parti. Il avait été nommé Conseiller spécial du nouveau Président Nala Sembé. Ce dernier avait pleine confiance en lui, il le voulait à ses côtés pour gouverner. Il lui confia par la suite plusieurs fauteuils ministériels avec des responsabilités toujours plus grandes, comme le ministère de l'Énergie, ou bien encore celui de l'intérieur. Son ascension dans l'attelage gouvernemental connut son point d'orgue avec sa nomination comme Premier ministre.

Sefu Mandeba s'était complètement dévoué à Nala Sembé, qui était son chef de parti, mais aussi son mentor, son père. Il lui vouait respect et admiration. Il lui était loyal depuis ses débuts en politique malgré les tentations, mais aussi la traversée du désert des années d'opposition. Il avait été largement récompensé pour tout cela, car son ascension dans le parti et dans le gouvernement avait fait beaucoup d'émules. Il avait clairement bénéficié des faveurs de son mentor. Il comptait lui rendre ses faveurs en s'engageant corps et âme pour sa réélection lors des élections présidentielles.

Il fut nommé directeur de campagne par la coalition du président sortant. Il ne ménagea aucun effort lors de la campagne pour assurer la victoire à son chef de parti. La victoire fut éclatante. Nala Sembé était réélu pour un second et dernier mandat. Sefu Mandeba avait encore prouvé sa valeur dans son camp politique. C'était un leader incontesté, qui n'hésitait jamais à se mouiller pour atteindre ses objectifs. Il espérait ainsi poursuivre son ascension politique auprès de son leader, qui venait d'être réélu pour cinq années.

Lors d'une conférence de presse tenue quelque temps après sa réélection, son mentor tint un discours qui changea à jamais le cours des choses. À la question de savoir s'il avait déjà trouvé un potentiel successeur, le nouveau président répondit qu'il n'en voyait pas autour de lui. Pourtant, Sefu Mandeba était dans la salle, à ses côtés, en ce moment-là. Il ne s'attendait pas à une telle déclaration. Il était surpris, il bouillonnait de rage en son for intérieur. Son mentor avait délibérément choisi de l'ignorer en parlant de sa succession, c'était un affront, une humiliation.

Ce fut à partir de ce moment que la relation entre Sefu Mandeba et Nala Sembé commença à se dégrader. Quelque temps après cette conférence de presse, il fut officiellement déchu de ses fonctions de Premier ministre. Pour rester dans les carcans du pouvoir, il était obligé de se rabattre sur le poste de Président de l'Assemblée nationale du Nyambara. Un poste dont il devait se satisfaire après avoir été jeté en pâture par son chef de parti. Mais il n'en avait pas fini avec les ennuis politiques. Il était sur le point de traverser un violent orage politique dont il n'était pas sûr de sortir indemne.

Dans le cadre de sa mission de chef du Parlement du Nyambara, il convoqua le fils du Président Nala Sembé. C'était dans le cadre d'un audit sur des fonds alloués à l'agence nationale qu'il gérait. Sefu Mandeba voulait que le fils du président justifie les dépenses exécutées dans le cadre de différents projets et évènements. Il voulait éclairer la lanterne de l'opinion nyambaroise sur de supposés détournements, malversations et fraudes. Il voulait qu'il énumère toutes les dépenses et leurs justifications devant le parlement.

Ce fut son arrêt de mort politique. Nala Sembé entra dans une colère noire. Comment ce Sefu Mandeba qu'il avait créé de toutes pièces osait-il s'en prendre à son fils ? Comment osait-il le convoquer devant le parlement où son parti était majoritaire ? Il considérait cette convocation comme une insulte de la part de Sefu Mandeba. Cela ne pouvait rester impuni. La guerre était officiellement déclarée entre lui et son poulain. Il allait lui retirer tout ce qu'il lui avait donné.

Le divorce était ainsi consommé entre ces deux figures politiques majeures du Nyambara, qui avaient cheminé durant trois décennies. Ils avaient traversé toutes les épreuves ensemble, mais leur compagnonnage était désormais révolu. Nala Sembé fit réduire, par sa majorité au Parlement, le mandat de président de l'Assemblée nationale de cinq à une année. C'était du jamais vu. Il ne s'arrêta pas en si bon chemin, puisqu'il supprima également son poste au sein du parti qui l'avait formé et l'avait vu éclore sur la scène politique nyambaroise. Désormais, Sefu Mandeba était un paria, livré à lui-même.

Il avait été blessé, humilié, trainé dans la boue par celui à qui il avait tant donné. Il était temps qu'il prenne son propre chemin. Il devait suivre sa propre voie politique et l'affronter. Il démissionna de son poste de président de l'Assemblée nationale, puis entra dans l'opposition politique, en fondant son propre parti politique : Le Parti de la Fraternité républicaine. Il avait réussi à recruter une dizaine de cadres de son ancien parti. Avec eux, il comptait fonder un nouveau parti qui entrerait dans l'histoire du Nyambara. Sefu Mandeba était un homme d'honneur, qui se donnait corps et âme pour atteindre ses objectifs. Il voulait se venger.

Avec les cadres de son parti, il concocta un programme politique axé sur l'accès à l'eau potable, à l'électricité et à des routes praticables dans le monde rural. Son jeune parti remporta toutes les localités de son fief natal du Kilandé, lors des élections locales. Il remporta également douze localités du Nord du Nyambara, d'où ses parents étaient originaires et trois dans le sud. Rusé qu'il fût, il sentit le vent tourner en sa faveur. L'opinion publique le prenait en sympathie à cause de l'injustice qu'il avait subi. Son objectif était maintenant de transformer ce capital de sympathie en voix lors de l'élection présidentielle qui allait se tenir.

Une grande alliance des partis d'opposition vit le jour. Leur objectif principal était de faire bloc contre Nala Sembé. En même temps sous les couleurs de son jeune parti, Sefu Mandeba se mit à sillonner le Nyambara, dans ses localités les plus reculés, pour écouter les doléances de ces populations souvent oubliées du pouvoir central. Il sillonna également les pays du monde, à la rencontre de la forte diaspora nyambaroise. Il sollicita leur soutien financier pour sa future campagne présidentielle. Il n'était guère le favori de cette élection présidentielle qui se profilait lentement. Aucun sondage ne le donnait vainqueur face à Nala Sembé qui se présentait pour un troisième mandat malgré la vindicte populaire.

A la grande surprise de tout le peuple du Nyambara, Sefu Mandeba arriva second lors de l'élection présidentielle, tout juste derrière le président sortant Nala Sembé. Un deuxième tour devait les départager au vu des résultats très serrés. Chacun fit jouer sa coalition pour remporter ce deuxième tour, mais Sefu Mandeba eut le dessus sur son ancien mentor. Il avait remporté la victoire finale. Il allait être le troisième Président du Nyambara.

Ainsi commença l histoire du tyran le plus célèbre du Nyambara.

Acte I: L'ascension et le pouvoir absolu

Chapitre 1: L'enfance du tyran

Sefu Mandeba naquit dans le village de Zangala, situé dans la province du Kilandé, au centre du Nyambara. Il était issu d'une famille modeste, mais très respectée. Son père était un commis de l'administration locale, sa mère vendait des légumes au petit marché du village. La naissance de Sefu Mandeba était entourée de mystères. Le jour de sa venue au monde, sa mère avait effectué tous les travaux domestiques. Elle avait cuisiné le déjeuner, puis le diner, avant de rentrer dans sa case. Elle portait un enfant dans son ventre. Sa grossesse était très avancée.

C'était une nuit d'orage. Le ciel, déchiré par des éclairs incessants, semblait prêt à s'effondrer sur la terre. Les villageois étaient terrifiés, se barricadant dans leurs huttes, tandis que le vent hurlait à travers les arbres comme une bête enragée. Tous les habitants de la concession s'étaient abrités dans leurs cases après le diner.

La case de Nya Malanga, la mère de Sefu Mandeba, était au centre de la concession. Cette nuit-là, des lumières étranges en émanèrent. Elle était en travail. Mais ce n'était pas un accouchement ordinaire. Toute la nuit, des cris inhumains retentirent depuis la case, des sons qui n'appartenaient ni aux hommes ni aux animaux.

Certains disaient que l'esprit de la montagne, M'Koma, était descendu sur la terre pour assister à cet événement. D'autres murmuraient que les ancêtres eux-mêmes veillaient sur cet enfant à naître, conscients de son importance.

Peu avant l'aube, alors que l'orage atteignait son paroxysme, Sefu Mandeba vint au monde. Mais à peine eut-il poussé son premier cri que le tonnerre cessa brusquement, plongeant le village dans un silence assourdissant. Les éclairs s'éteignirent, et les nuages noirs se dissipèrent aussi soudainement qu'ils étaient apparus, révélant un ciel étoilé d'une clarté surnaturelle.

Les cris du nouveau-né avaient alerté les habitants de la concession. Ils accoururent vers la chambre de Nya Malanga. Ils manquèrent de tomber à la renverse en la voyant tenir un bébé. Elle avait accouché toute seule, durant cette terrible nuit d'orage. C'était une femme brave. Elle était connue de tout le village pour sa gentillesse, et son calme légendaire.

Son accouchement mystérieux suscitait de vifs commentaires dans le village de Zangala. Les rumeurs disaient que son enfant était béni des ancêtres, ils lui prédisaient un destin fabuleux.

Quelques jours avant sa naissance, les Oracles du village s'étaient réunis pour leur séance de divination annuelle. Ils avaient annoncé une nouvelle année marquée par l'abondance, tant pour les pluies que pour les récoltes. Ils avaient également prédit divers événements qui se produiraient. La naissance d'un grand homme, avec un destin hors du commun, avait été évoquée par le chef des Oracles.

Quel destin était promis à Sefu Mandeba, né un soir d'orage ? Était-il l'enfant prodige que les Oracles avaient mentionné ?

Seul le temps pouvait apporter des réponses à ces questions.

Sefu Mandeba connut une enfance heureuse, entouré de sa famille. Il grandit sous la protection de sa mère. Il passait tout son temps entre les champs de son père, les jeux avec ses camarades et la vie familiale. C'était un garçon réservé. Il était courageux, travailleur. Il aidait beaucoup son père dans les champs pendant la période hivernale.

Une fois à la maison, Sefu Mandeba aidait beaucoup sa mère dans les tâches ménagères. Il balayait la cour, il nettoyait les légumes quand Nya Malanga était dans la cuisine. Il allait chercher de l'eau pour elle quand elle lavait les habits. C'était un garçon dévoué et aimant pour sa génitrice qui avait beaucoup d'espoir en lui.

Les villageois n'avaient pas oublié la nuit de sa naissance. Les vieux sages du village l'observaient, ils le scrutaient, ils guettaient les moindres signes qui pourraient confirmer les prédictions des Oracles. Ils pouvaient se rendre compte de leurs propres yeux qu'il était différent. Il se faisait remarquer en premier quand il était avec ses camarades. Il détonait du groupe. Quand il leur parlait, les autres enfants s'asseyaient sagement, ils l'écoutaient avec la plus grande attention. Il avait quelque chose en lui qui faisait qu'il était le plus souvent celui qui décidait des jeux et des équipes.

Sefu Mandeba avait l'âme d'un leader, il était né pour diriger. Arriva le moment pour lui d'intégrer l'école française. Il allait apprendre à lire, écrire et compter, pour aider sa mère dans son commerce. Il était intelligent, et vif d'esprit, c'était les armes dont il avait besoin pour réussir. Tous ses camarades le connaissaient comme un élève atypique, discret, effacé, fermé et réservé.

On le retrouvait souvent sous l'arbre à côté de chez lui avec un livre. Il aimait beaucoup la lecture ; il anima le club de lecture de son école durant des années. Malgré son jeune âge, Sefu Mandeba était entreprenant, créatif, il n'hésitait jamais à fédérer ses camarades pour une cause ou une autre. Tous les enseignants le connaissaient, il leur rendait divers services durant les heures d'écoles.

Cependant, il avait un côté sombre que peu de ses camarades et enseignants avaient décelé. Certains avaient eu le malheur de voir cette autre face de sa personnalité. Une face sombre, qu'il arrivait à garder secrète malgré son jeune âge. Sefu Mandeba avait des penchants autoritaires sur certains de ses camarades de classe. Il devenait également très colérique quand on le contrariait. Un jour, il avait dû recourir à la force pour reprendre un de ses livres à l'un d'eux. Ses yeux étaient rouges de colère. Il tremblait de tout son corps, et marmonnait des mots incompréhensibles. Il avait pris son bras et l'avait violemment secoué. Son camarade avait pris peur, il avait jeté le livre par terre, puis s'était enfui en toute vitesse. Il n'osa plus jamais s'en prendre à Sefu Mandeba.

Il survola son cursus primaire et secondaire avec brio. Au fil de ce périple, son charisme et son désir de commander se renforçaient de plus en plus. Il dirigea des mouvements associatifs au Lycée, mais aussi une association sportive et culturelle dans son village. Il leur permit de se structurer en différents bureaux. Il fit un plaidoyer auprès des plus nantis dans le village pour récolter des fonds.

Ce fut un succès total. Ainsi, il réussit à doter l'équipe de football de maillots et de ballons neufs. Il organisa des événements culturels dans le village, ils rapportèrent beaucoup d'argent à l'association. Tout le monde dans le village était d'accord sur le fait que Sefu Mandeba était promis à un grand destin.

Au lycée, la politique fut également un de ses domaines d'activité extrascolaire. C'était la première fois qu'il fréquentait un mouvement politique. Il fréquentait les maoïstes. Les maoïstes se référaient à un courant du communisme révolutionnaire développé au vingtième siècle par Mao Zedong.

Après le baccalauréat, ce fut la faculté de Soroké qui l'accueillit. Il y poursuivit ses activités politiques. Entretemps, il s'était converti au marxisme-léninisme. Ce fut un bref passage dans ses débuts politiques, puisqu'il ne partageait pas certaines idées du mouvement.

Sefu Mandeba continua son cursus scolaire à l'étranger, il avait bénéficié d'une bourse pour étudier la géologie. À son retour, il allait être un ingénieur-géologue fraîchement diplômé. Il serait alors prêt à servir le Nyambara à travers ses compétences.

Quand il rentra après de longues années d'études dans l'hémisphère nord, il fit la connaissance de Nala Sembé, opposant farouche au successeur du premier président. Il venait de rencontrer son mentor, son guide, celui qui allait le propulser dans les plus hautes sphères de la politique nyambaroise.

Le fabuleux, mais aussi sinistre destin de Sefu Mandeba était en marche.

Chapitre 2: La prise de pouvoir

Durant tout son parcours scolaire et politique, Sefu Mandeba avait gardé des liens étroits avec son village d'origine. Il y retournait souvent. Beaucoup avaient oublié l'histoire de sa naissance ; de même que les prédictions des oracles sur son fabuleux destin. Les Oracles suivaient son parcours avec beaucoup d'intérêt. Ils avaient un œil sur lui, scrutant les moindres signes de la prophétie de l'esprit des ancêtres. Quand Sefu Mandeba s'apprêtait à fonder son propre parti après la trahison de Nala Sembé, ils le convoquèrent au village pour une séance d'exorcisme et de divination. Sa participation à cette cérémonie était impérative pour que les ancêtres puissent intercéder en sa faveur. Le but de cette séance était un retour aux sources pour s'ancrer plus profondément dans la pure tradition de Zangala, mais aussi la recherche du soutien des ancêtres dans son combat contre son mentor.

Ce fut Nya Malanga, la mère de Sefu Mandeba, qui l'invita à venir participer à cette cérémonie traditionnelle. Il était réticent au départ avec son esprit cartésien qui prenait le dessus petit à petit, mais Nya sut trouver les bons mots pour le convaincre. Elle l'assura des bienfaits qu'il pouvait tirer de ces us et coutumes du village. Les esprits des ancêtres étaient puissants, ils pouvaient assurer sa protection, ils pouvaient lui donner de la force dans les moments les plus difficiles, ils pouvaient l'aider à vaincre ses adversaires. Tout ce dont il avait besoin pour se lancer dans la politique. Aucun soutien n'était à négliger aux yeux de Sefu Mandeba.

La cérémonie devait se dérouler sur la place centrale du village, là où tout se décidait. Cette place accueillait tous les évènements importants du village, les cérémonies de mariage, de deuil, les réunions des sages, c'était le poumon de Zangala. La séance annuelle de divination des Oracles de Zangala devait se dérouler sur toute une nuit au rythme des tam-tams traditionnels. Tout le village était en effervescence depuis des semaines. Les hommes avaient acheté de nouveaux boubous, les femmes des pagnes neufs aux multiples couleurs. Les enfants n'étaient pas en reste, eux aussi avaient eu droit à de nouveaux habits de leur choix.

Sefu Mandeba, qui avait commencé à gagner en notoriété sur la scène politique du Nyambara, était très attendu. C'était la fierté du village, qu'un de leurs fils rayonne sur le plan national, même si ce dernier n'était pas toujours bavard sur ses origines. Il n'avait également pas encore entrepris quelque chose de concret pour le village et ses habitants, malgré tous les hauts postes qu'il avait occupés quand il était auprès de Nala Sembé. Les villageois ne lui en tenaient guère rigueur, ils le considéraient toujours comme un valeureux fils du Zangala, ils étaient prêts à le soutenir dans sa quête du pouvoir.

Lors de cette cérémonie, les Oracles de Zangala devaient faire des prédictions sur la saison des pluies, mais aussi sur des évènements qui devaient marquer le pays du Nyambara. Ces évènements étaient soit heureux, soit malheureux. Ils prédisaient des naissances, des mariages, de bonnes récoltes, mais aussi des épidémies, des décès chez les personnes les plus importantes et les plus connues du pays, ainsi que des accidents sur la route. Pour prévenir les malheurs, ils faisaient des sacrifices en deuxième partie de cérémonie, puis ils donnaient des recommandations à toute la population du Nyambara. La dernière partie de la cérémonie consistait en des réjouissances, les villageois dansaient au son du tam-tam jusqu'à l'aube.

Enfin la nuit de la cérémonie de divination des Oracles de Zangala arriva. La place du village était remplie de monde. Tous les villageois avaient revêtu leurs plus beaux habits. Ils s'étaient aspergés de parfum. Certains venaient des villages environnants. Les tam-tams battaient déjà des rythmes mystiques que l'on entendait uniquement en cette occasion. La foule, disposée en cercle autour des batteurs de tam-tam, attendait avec impatience l'arrivée des Oracles.

Sefu Mandeba était l'invité d'honneur de la cérémonie de cette année, il occupait une place de choix dans l'assistance, à côté des notables et vieux sages du village. Une partie devait lui être dédiée, pour des incantations en sa faveur. Il était nerveux, suant à grosses gouttes. Il n'y avait plus assisté depuis de nombreuses années. Quand il était enfant, il y venait accompagné de sa mère. Il avait toujours eu peur des Oracles. Ce jour-là, il les attendait avec impatience, il avait espoir en leur intercession auprès des ancêtres pour réussir dans sa quête du pouvoir.

Tout à coup, on entendit des grondements dans la foule. Une clameur parcourut l'assistance. Les Oracles faisaient leur entrée dans le cercle. Le battement des tam-tams se fit encore plus nerveux. La foule était excitée, certains étaient à la limite de l'hystérie. Les petits enfants coururent se cacher dans les pagnes de leurs mères. Les Oracles marchaient en file indienne, en direction du centre du cercle. Ils étaient entourés d'un nuage de poussière, on avait même du mal à les distinguer. Quand la poussière retomba, ils étaient alignés au milieu du cercle.

Les Oracles étaient revêtus de longues robes rouges sur lesquelles étaient disposés des bouts de miroirs, des gris-gris, et des amulettes en tout genre. Ils étaient coiffés de bonnets rouges, ornés d'une queue de vache, de bouts de miroirs, et de cauris. Ils tenaient dans leurs mains des bouteilles remplies de breuvages mystiques qu'ils ingurgitaient, puis recrachaient tout autour d'eux. Ils récitaient par intermittence des incantations, que personne dans la foule n'avait le pouvoir de déchiffrer. Les Oracles de Zangala étaient impressionnants, ils étaient respectés et craints de tous.

Toute l'assistance était absorbée par ce spectacle mystérieux et terrifiant. Ils s'immobilisèrent au milieu du cercle, puis ils saluèrent la foule avec de grands signes de la main. Le programme de la soirée fut annoncé par le chef des Oracles, qui était le seul, habilité à s'adresser à l'assistance. La première partie consisterait à un sacrifice rituel de coqs, pour appeler les ancêtres, avec leur sang. Quand les Oracles auraient réussi à établir un contact avec les esprits des ancêtres, ils seraient en mesure de communiquer avec la foule sur des évènements et faits à venir.

Cinq coqs de différentes couleurs furent sacrifiés. Une partie de leur sang était recueilli dans une petite calebasse, qui contenait déjà un breuvage mystique. Le fameux mélange était ensuite déversé sur la terre, pour appeler les esprits. Petit à petit, le rythme du tam-tam devint endiablé, les Oracles étaient possédés par les esprits des ancêtres. Ils étaient entrés en transe. La communication avec le monde des esprits était établie. La foule retenait son souffle, les femmes et les enfants frissonnaient de peur. Les hommes étaient silencieux, l'heure était grave.

Les tam-tams s'arrêtèrent d'un coup, sur un signe de la main du chef des Oracles. Il s'avança ensuite vers la foule, ses yeux étaient enflammés. Il tenait un objet sacré, avec une queue de vache à son bout. Il le secoua dans tous les sens, puis le dirigea vers la foule. Il se mit alors à parler d'une voix qui n'avait rien d humain, il était habité par un esprit. Il se présenta comme un lointain ancêtre venu délivrer des prédictions sur le futur de la communauté et de la terre du Zangala, mais aussi du Nyambara. La foule était silencieuse, on pouvait entendre une mouche voler.

Il affirma qu'un hivernage pluvieux et fécond allait arroser la terre du Nyambara cette année-là. Il y aurait des graines en abondance dans les greniers, et de l'herbe à foison pour le bétail. Cette période faste devait durer une année pleine. Il annonça de grands évènements dans le Nyambara, des décès, des catastrophes à venir. Il prédisait également des manifestations politiques qui seraient source de changement dans le pays du Nyambara. Le chef des Oracles annonça qu'il avait vu le prochain président, qu'il le connaissait. La foule s'exclama de stupeur devant des prédictions aussi précises. Les villageois étaient admiratifs de la science des Oracles.

Sefu Mandeba était aux premières loges pour assister aux différents évènements de la soirée. Il avait suivi le discours du chef des Oracles avec beaucoup d'intérêt. Il scrutait ses moindres faits et gestes pour y déceler une révélation sur le devenir de sa carrière politique. Lorsqu'il affirma qu'il y aurait un changement politique au Nyambara, ses yeux avaient brillé d'une lueur étincelante. Il avait souri longuement quand il avait entendu les mots changement et nouveau président de la bouche de l'Oracle en chef.

Il était obsédé par cette idée, cette folle envie qui le consumait depuis que Nala Sembé l'avait trahi. Il voulait être le prochain président du Nyambara. Il voulait battre son ancien mentor, qui l'avait trainé dans la boue, sans aucun scrupule devant tout le peuple. C'était son désir le plus ardent, il allait tout mettre en œuvre pour que cela se réalise.

L'Oracle en chef vint se planter devant lui pendant qu'il était perdu dans ses rêves de gloire et de vengeance, dodelinant de la tête, les mains soumises à de terribles tremblements. Il agitait son objet sacré dans sa direction. Il le fixa des yeux pendant un moment, puis se mit à parler tout haut. Il affirma qu'une nouvelle ère politique débuterait sous peu pour le Nyambara. Il dit qu'un homme dans l'assistance aurait un grand rôle à jouer dans ce changement. D'après le chef des Oracles, cet homme bénéficierait du soutien et de la protection totale des esprits des ancêtres s'il œuvrait pour le bien de la terre du Nyambara. Il avisa sur les dangers du pouvoir, et sa force corruptrice. Il tint un avertissement à l'endroit de Sefu Mandeba, que le chaos absolu pouvait naitre d'un mauvais exercice du pouvoir. Après cette dernière prédiction, le chef des Oracles retourna à ses pairs au milieu du cercle. La séance divinatoire était terminée.

Les notables qui entouraient Sefu Mandeba le regardaient d'un œil admiratif, ils avaient deviné que l'homme mentionné dans les prédictions du chef des Oracles c'était lui. Lui, le principal concerné était sur un nuage, après avoir entendu ces paroles. Il avait, à partir de cet instant, pleine confiance en sa victoire. Il était en passe d'affronter son maître en politique, avec la pleine bénédiction des ancêtres.

La cérémonie de divination annuelle des Oracles de Zangala prit ainsi fin sur un ton beaucoup plus léger. Les villageois dansèrent sur le son des tam-tams jusque tard dans la nuit. Sefu Mandeba offrit aux oracles beaucoup d'argent, des vaches et une voiture pour les remercier. Il leur demanda de faire des incantations en sa faveur. Il ne lui restait que le travail de terrain pour assurer la victoire que les Oracles avaient prédite. Il pouvait se lancer à la conquête du Nyambara.

****** ******

Pendant ce temps, dans son palais de la capitale Soroké, Nala Sembé cogitait pour effectuer un troisième mandat. Ce qui était formellement interdit par la Constitution du Nyambara. Toute l'opposition, les syndicats, la société civile, les citoyens qui avaient eu vent de ce projet étaient mobilisés pour lui barrer la route. Après la première alternance démocratique dans le pays, il était hors de question de laisser Nala Sembé prolonger son règne d'un mandat.

Ainsi, toutes ces composantes de la société nyambaroise s'étaient regroupées dans le but de faire front commun face au président sortant. Ils avaient commencé les manifestations sur la Place emblématique d'Okinda, où le Nyambara avait obtenu son indépendance des décennies auparavant. Ils se regroupaient là-bas chaque jour pour dénoncer les manœuvres de Nala Sembé. Ce dernier voulait faire passer sa volonté de briguer un troisième mandat à l'Assemblée nationale sous la forme d'une réforme de la Constitution. Le jour où cette réforme devait être votée allait être gravé dans les annales de l'histoire politique et sociale du pays.

C'était un jour de 25 novembre. La veille de ce jour historique, des leaders de l'opposition, des journalistes, des activistes, des artistes, s'étaient réunis en secret dans une maison du centre de Soroké pour définir la stratégie à tenir pour faire face à Nala Sembé. Les anciens se relayèrent avec des discours qui sonnaient dans le vide, de l'autre côté, les jeunes voulaient de l'action. Ils voulaient en découdre avec Nala Sembé dans la rue, et devant l'Assemblée nationale du Nyambara, où il comptait légitimer sa forfaiture. Leur stratégie consistait à occuper les rues pour empêcher le vote de cette réforme. La confrontation avec les forces de l'ordre du Nyambara était dès cet instant inévitable. Ces derniers les attendaient de pied ferme, ils étaient bien équipés pour faire face à la manifestation qui se préparait.

Un jeune artiste-rappeur du nom de Zuberi dirigea la foule vers la rue dans l'après-midi du 24 novembre. Leur stratégie consistait à diviser la foule en deux groupes. Le premier devait faire face aux forces de l'ordre dans la rue, tandis que le deuxième devait se réfugier derrière les grilles de l'Assemblée nationale du Nyambara. Le premier groupe devait mettre en œuvre le combat de rue, et occuper les forces de l'ordre. Le groupe devant le Parlement devait tout faire pour empêcher la tenue du vote. Ils avaient prévu de s'enchainer aux grilles de la grande porte et d'y passer la nuit.

La ville de Soroké était en ébullition vers la fin de l'après-midi. De la fumée noire et âcre s'élevait en immenses colonnes des plus grandes artères de la ville à cause des pneus brûlés par les jeunes manifestants. Ils affrontaient les forces de l'ordre du Nyambara à coups de jets de pierres, tandis que ces derniers ripostaient avec des jets de grenades lacrymogènes. Toutes les boutiques de la ville de Soroké étaient fermées, les écoles aussi, les taxis avaient arrêté de circuler. On entendait dans la ville les cris des manifestants, suivis des détonations des grenades lacrymogènes. La tension était palpable, tous les habitants s'étaient terrés chez eux. La nuit allait être longue.

La réforme qui a chamboulé la ville de Soroké consistait à abaisser à 25 % le nombre minimum de voix requises au premier tour pour qu'un ticket présidentiel soit élu. Ce ticket présidentiel devait englober un président et un vice-président. L'opposition politique considérait ce ticket présidentiel comme une méthode déguisée de Nala Sembé, pour léguer le pouvoir à son fils. Ainsi, tout le peuple de Nyambara s'était levé pour dire non à cette réforme, qui ressemblait plus à un projet de dévolution monarchique du pouvoir. Accepter cette réforme équivalait pour eux à valider le recul démocratique de leur beau pays après sa première alternance par des élections présidentielles.

Les affrontements entre manifestants et forces de l'ordre se poursuivirent jusque tard dans la nuit dans la capitale du Nyambara. Un groupe était déjà installé devant les grilles de l'Assemblée nationale. Ils devaient y passer la nuit, enchainés aux grilles de la grande porte. Les forces de l'ordre les avaient laissé faire, mais cela n'allait pas durer longtemps. Les manifestants avaient emmené de quoi tenir toute la nuit dans le froid. On leur livrait des plats pour qu'ils reprennent des forces en vue de la bataille du lendemain.

Le jour fatidique du 25 novembre arriva. Le matin de bonne heure, les jeunes qui n'avaient pas dormi de la nuit, se rassemblaient par petit groupe dans tous les quartiers de Soroké pour se diriger vers l'Assemblée nationale du Nyambara. Sur leurs visages, on pouvait déceler de la fatigue, le manque de sommeil, les douleurs de la répression policière, mais aussi de la détermination à aller jusqu'au bout de leur combat.

Ils étaient attendus par les forces de l'ordre du Nyambara sur tous les axes de la ville qui devaient les mener à l'Assemblée nationale. Ils avaient sorti leurs voitures antiémeutes qui lançaient des jets d'eau chaude à haute pression pour disperser les rassemblements. Ils avaient également leurs lance-grenades habituels. On pouvait lire sur leur visage de la tension extrême, ils n'étaient pas là ce matin pour faire de la dentelle. Leur mission consistait à contenir la manifestation, et, dans le meilleur des cas disperser les manifestants. Ce qui n'allait pas être facile au vu de la détermination des manifestants. Les confrontations étaient inévitables, les heurts allaient éclater d'une minute à l'autre.

Les journalistes des chaines de télévisions et radios couvraient les événements en direct, ils ne voulaient rien rater de tout ce qui était en passe de se produire. Tous ceux qui s'étaient terrés à cause de la peur dans leurs demeures suivaient les directs à la télévision et à la radio. Ils voulaient être informés des développements de ce combat entre Nala Sembé et son peuple tout au long de la journée. La journée s'annonçait sombre et tumultueuse.

Le groupe de manifestants qui avait investi les grilles de l'Assemblée nationale était toujours en place, ils y avaient passé la nuit, enchainés aux grilles. Malgré de multiples tentatives des forces de l'ordre en place, de les déloger, ils avaient tenu bon, ne bougeant pas d'un iota. Ils étaient prêts à donner leur vie pour rester accrochés à cette grille. Les forces de l'ordre étaient obligées de battre en retraite devant tant de détermination. Le soleil s'était levé sur Soroké, il commençait déjà à taper fort dans le ciel dégagé de la ville. Aux environs de 9 heures, les manifestants arrivaient déjà sur les abords de la grille de l'Assemblée nationale, malgré les tentatives de blocage des forces de l'ordre. Ils avaient réussi à éviter les points de contrôle installés par les policiers, en passant par les petites ruelles de la capitale. Ils cheminaient par groupes de 2 à 3 personnes pour ne pas se faire repérer.

Les forces de l'ordre devant l'Assemblée nationale furent rapidement débordées. Une marée humaine, qui débouchait de toutes les ruelles, était en train de déferler sur les grilles du parlement. Le moment était historique. Les leaders politiques de l'opposition, les grandes figures de la société civile, ainsi que des artistes renommés étaient présents devant les grilles pour dire non à la réforme de Nala Sembé. Ils voulaient soutenir le peuple dans ces moments cruciaux pour la démocratie du Nyambara.

Malgré la pluie des grenades lacrymogènes, mais également le puissant jet d'eau chaude des camions sur la foule, les forces de l'ordre n'arrivaient pas à les disperser. On commençait à décompter les blessés du côté des manifestants, mais aussi du côté des policiers. Dans toutes les grandes villes du Nyambara, la situation était pareille, il y avait des heurts violents depuis l'aube. De nombreuses arrestations eurent lieu ce jour-là, il s'agissait de centaines de jeunes qui se battaient dans les rues à coups de jets de pierres pour la démocratie du pays.

Les députés qui devaient voter la réforme entrèrent dans l'hémicycle par des portes dérobées pour ne pas se faire bloquer par les manifestants. Ils étaient tous présents dans la grande salle où devait se tenir le vote. On attendait avec impatience le représentant du gouvernement pour ouvrir la séance. Sefu Mandeba n'était pas présent à ces manifestations contre la réforme, il sillonnait les profondeurs du Nyambara en vue de l'élection présidentielle. On l'avait vu sur les médias soutenir publiquement les manifestants et les leaders de l'opposition dans leur combat. Mais il n'y participait pas.

Sefu Mandeba n'avait pas encore un énorme poids politique dans l'opposition malgré son glorieux parcours aux côtés de Nala Sembé. Les analystes politiques avaient beaucoup de mal à le prendre au sérieux. Ils ne lui prédisaient guère une carrière politique épanouie loin de son mentor. Certains leaders de l'opposition l'avaient traité de tous les noms d'oiseaux en constatant son absence dans les manifestations. Ils affirmaient haut et fort qu'il était un pion de Nala Sembé en mission pour espionner et fractionner encore plus l'opposition. Son absence ce jour-là devant le parlement du Nyambara était donc un non-événement.

Sefu Mandeba continuait sa tournée dans le Nyambara, tandis que les manifestations faisaient rage à Soroké.

La tension était à son comble à l'intérieur de l'hémicycle. Les députés discutaient dans un brouhaha indescriptible. Tout à coup, le président de l'Assemblée nationale arriva. Il s'installa sur sa chaise tout en haut de la salle. Il jeta des regards circulaires sur toute la salle, puis tapa avec son marteau en bois sur son pupitre pour indiquer l'ouverture de la séance du jour. Il se passa environ cinq minutes avant que le calme ne soit établi dans l'hémicycle. On entendait les bruits des détonations des grenades antiémeutes au-dehors. Le Président de l'Assemblée salua l'assistance, puis il annonça l'arrivée du représentant du gouvernement, en l'occurrence le ministre de la

Justice. Ce dernier avait un message urgent à faire passer aux députés d'après lui.

Quand la parole lui fut donnée, il affirma que le président de la République du Nyambara, Nala Sembé, avait pris en considération les préoccupations du peuple du Nyambara. Il en avait pris bonne note. Il affirma que Nala Sembé l'avait expressément chargé de retirer le projet de loi qui faisait la polémique dans tout le pays depuis des jours. Il salua sa grandeur d'esprit, et son amour pour son pays qu'il voulait paisible. Ainsi se terminait la saga de la réforme controversée du président. Une salve d'applaudissements salua la fin de son discours, des cris de joie fusaient de partout dans l'hémicycle.

Au même moment, les affrontements continuaient devant les grilles de l'Assemblée nationale. Les journalistes qui étaient à l'intérieur de l'hémicycle pour couvrir la séance du jour, firent passer la déclaration du ministre de la Justice à leurs rédactions. Les journaux télévisés et les radios firent des flashs de nouvelles informations sur le retrait du projet de loi du président Nala Sembé. La nouvelle se répandit à travers le pays comme une trainée de poudre.

Quand les manifestants devant les grilles de l'Assemblée eurent vent de la nouvelle, ils exultèrent. Des scènes de liesses firent place aux jets de pierres. Les jeunes étaient satisfaits de leur victoire, ils avaient tenu bon devant Nala Sembé et ses forces de l'ordre. La foule commença à se dissiper petit à petit. La mission était accomplie, la démocratie du Nyambara était préservée. Cette date du 25 novembre serait à jamais gravée dans les mémoires et dans l'histoire politique du pays.

Ce jour-là, les partis politiques, les mouvements citoyens, les associations sportives et culturelles, les journalistes et les citoyens qui avaient lutté ensemble créèrent le Mouvement du 25 novembre, M25. Ce mouvement allait jouer un rôle crucial dans l'élection présidentielle à venir. Sefu Mandeba, qui avait eu vent de la victoire du M25 sur son mentor, proclama publiquement son adhésion à cette entité qui avait permis de sauvegarder la démocratie du Nyambara. Cette victoire lui retirait une énorme épine du pied puisqu'il s'était grandement inquiété de la tenue de l'élection présidentielle à la date prévue avec les manifestations dans le pays. Il avait eu peur que Nala Sembé en profite pour repousser les élections ou les annuler tout bonnement.

Sefu Mandeba avait la pleine confiance en sa victoire après les prédictions des Oracles de Zangala. Sa mission principale consistait à faire le tour du pays pour vulgariser son jeune parti et le programme qu'il portait. Ce qu'il réussissait bien jusque-là. Il avait hâte d'en découdre avec Nala Sembé. Il voulait lui infliger une cinglante défaite lors de ces élections et l'envoyer à la retraite. Tous les voyants étaient au vert, il le savait en son for intérieur. Peu de gens au Nyambara le considéraient comme un candidat sérieux à ces élections, tous les yeux étaient rivés sur les leaders de l'opposition traditionnelle qui avaient combattu pour la démocratie devant les grilles de l'Assemblée nationale du Nyambara. Sefu Mandeba n'était donné gagnant dans aucun sondage, dans aucune analyse politique, il était considéré comme un novice en politique, qui participait à l'élection pour se faire une expérience comme leader politique de son propre parti.

Il ne restait plus que quelques mois avant l'élection présidentielle. Sefu Mandeba s'était fixé comme objectif de faire le tour du Nyambara, pour aller à la rencontre des populations. Il se déplaçait de ville en ville, de village en village, de hameau en hameau, avec son équipe de campagne. Il promettait monts et merveilles à ces gens qui n'avaient pas été écoutés depuis des années. Il les écoutait également en retour, pour prendre note de leurs revendications, de leurs aspirations, de leurs rêves. Il cultivait une proximité avec le peuple qui n'était pas commune aux politiciens traditionnels du Nyambara. Après ces échanges, les gens avaient de l'espoir, ils étaient réconfortés et radieux quant à leur avenir. Il ne leur restait qu'à voter pour celui qui incarnait cet espoir : Sefu Mandeba.

******** *******

L'élection présidentielle arriva. Nala Sembé s'était présenté pour un troisième mandat, qui était considéré comme illégal par l'opposition politique du Nyambara. Sefu Mandeba se présenta comme candidat de son propre parti l'alliance pour la Fraternité républicaine. Il ne faisait pas partie des favoris de cette élection, il n'était même pas considéré comme un challenger, il était juste un participant. Les nyambarois fidèles à leur tradition démocratique sortirent en masse pour voter. Le taux de participation était exceptionnel. À la fin de la journée commença la dépouille des bulletins de vote.

Les rumeurs allaient bon train, mais les résultats étaient indécis, aucune tendance nette ne se dessinait quelques minutes après la fermeture des bureaux de vote. Après une heure de dépouille des bulletins de vote, il ressortait des premières tendances que Nala Sembé arrivait en tête, il était suivi de très près par Sefu Mandeba. C'était la grosse surprise de cette élection. Lorsque ces tendances furent connues du grand public, cela créa un séisme politique. Aucune prévision n'avait placé Sefu Mandeba dans les cinq premiers de cette élection, la vérité des urnes le plaçait deuxième derrière son mentor.

Celui qui avait préféré sillonner les petites routes de campagnes du Nyambara, quand tout le peuple se battait pour bloquer la réforme de Nala Sembé, avait été plébiscité au détriment des autres leaders de l'opposition. C'était une incohérence flagrante, mais c'était la réalité des urnes. Les rumeurs les plus folles circulaient sur les résultats de l'élection présidentielle, mais aussi sur Sefu Mandeba. Certains disaient qu'il avait usé de fétiches pour faire voter les gens en sa faveur, d'autres disaient qu'il avait eu recours à des sacrifices humains pour parvenir à un tel résultat, les plus lucides des observateurs voyaient ce résultat comme le fruit de son dur labeur dans les coins les plus reculés du pays.

L'élection présidentielle n'était cependant pas encore terminée, vu le ballotage qu'il y avait eu entre Nala Sembé et Sefu Mandeba, il était logique qu'un deuxième tour se tînt pour les départager. Sefu, en bon stratège politique, proposa au M25 de se rallier à lui pour porter sur les fonts baptismaux le Front uni pour l'espoir. Ils furent rejoints par les candidats perdants à cette élection. Le challenger surprise du candidat sortant disposait désormais d'une puissante coalition qui cernait Nala Sembé de toutes parts. La chute de ce dernier semblait toute proche.

Sefu Mandeba était devenu le visage de l'opposition politique du Nyambara à la surprise de tous. Mais il avait toujours cru en sa capacité à créer ce séisme politique, il l'avait senti, il avait travaillé pour que cela se produisît. Il avait tout sacrifié pendant deux longues années pour sillonner le pays de fond en comble. Beaucoup de nyambarois avaient espoir en lui, et en son programme très favorable au monde rural.

Dans l'entre-deux-tours, il fit un crochet dans son village natal de Zangala. Il fut accueilli comme un héros, le fils prodige était de retour au bercail. Il devait y passer la nuit, alors une grande fête fut organisée. Une vache fut immolée, de délicieux mets furent préparés et distribués dans tout le village. Le son du tam-tam retentit sous le baobab du village jusque tard dans la nuit. Avant de repartir à la conquête des voix dans les villages et villes du Nyambara, Sefu Mandeba eut un bref entretien avec le chef des oracles de Zangala. Ce dernier lui remit une amulette qu'il devait porter sous sa veste en tout temps, ils lui remirent également un mystérieux breuvage qu'il devait ingurgiter au réveil chaque jour jusqu'à la veille du deuxième tour de l'élection présidentielle. Sefu Mandeba était revigoré par ce soutien qu'il savait très important dans le contexte mystico-religieux du Nyambara, mieux valait être adoubé par les anciens et les esprits des ancêtres, sinon la catastrophe guettait.

Sefu Mandeba marchait inexorablement sur le chemin de son fabuleux et sinistre destin, destin qui lui avait été prédit dès sa naissance. Son ascension dans le monde politique avait été rapide, il n'avait pas eu à se battre pour obtenir des postes prestigieux auprès de Nala Sembé. Il y avait eu cet épisode tragique de sa carrière politique où il fut trahi par son mentor, qui avait retiré toutes les faveurs qu'il lui avait accordées, il avait connu une courte période de traversée du désert, mais il s'était vite relevé pour créer son propre parti et se lancer à la conquête du siège présidentiel du Nyambara. Un chemin tout tracé vers la gloire, vers la renommée, mais aussi vers la tyrannie et le pouvoir absolu.

Le second tour de l'élection présidentielle eut lieu au Nyambara. La victoire de Sefu Mandeba et de sa coalition fut proclamée au soir de l'élection. Des scènes de liesses étaient observées dans toutes les villes et les villages du pays. Encore une fois, le pari de l'alternance démocratique était réussi. Le peuple du Nyambara était un peuple mature qui savait se battre pour conserver ses acquis démocratiques et s'exprimer de manière pacifique pour choisir ses dirigeants. Les sacrifices et les douleurs des manifestations du 25 novembre en valaient bien la peine.

Sefu Mandeba fut élu comme le quatrième président du Nyambara. Il succédait à Nala Sembé, qui l'avait lancé sur la scène politique, mais qui l'avait également débarqué du gouvernement et de son parti, quand il avait convoqué son fils. Il tenait sa revanche par la force du destin. Une nouvelle ère s'ouvrait pour cette belle terre du Nyambara, une terre d'accueil, de prospérité et de solidarité, bénie par les ancêtres.

Le peuple avait grandement espoir aux promesses faites par le nouveau président durant ses tournées politiques dans le pays. Ils avaient espoir que leurs vies allaient s'améliorer avec ce nouveau président qui les avait écoutés et compris durant sa quête du pouvoir.

Sefu Mandeba allait-il tenir toutes ses promesses ?

Chapitre 3: Les premières années de règne

Sefu Mandeba, le digne fils de la terre de Zangala, dont la brave mère avait beaucoup souffert pour satisfaire son père dans son ménage, était désormais le président du Nyambara. Tout le village avait fêté sa victoire. Les oracles de Zangala avaient tout prédit, ils ne mentaient jamais, les esprits des ancêtres étaient clairvoyants sur le futur de leur terre. Ils organisèrent une cérémonie pour remercier les esprits, des animaux furent sacrifiés, leur sang et de la boisson furent versés sur leur demeure dans le bois sacré. Malgré l'euphorie de la victoire, les oracles redoutaient la face cachée du nouveau président. Ils avaient le devoir de le débarrasser de ce démon qui sommeillait en lui, et que le pouvoir absolu que conférait le siège présidentiel risquait dorénavant de réveiller.

Le nouveau président héritait d'un pays que Nala Sembé avait mis sur les rails du développement. Le président sortant était un visionnaire, il avait profondément changé le pays durant ses douze années de règne. Il avait entrepris de grands projets structurels, économiques, infrastructurels, sociaux qui avaient propulsé le pays dans les plus hautes sphères du continent des grands hommes. Il était respecté malgré son désir de se raccrocher au pouvoir, pour effectuer un troisième mandat, au profit de son fils. C'était la seule ombre au tableau de sa gouvernance.

Sefu Mandeba avait la chance de poursuivre les grands projets de Nala Sembé, tout en évitant les erreurs que son prédécesseur avait commises dans sa gestion. Il avait le pouvoir de tout corriger, de tout remettre en ordre, pour que l'objectif du développement de la terre du Nyambara soit atteint. Depuis l'indépendance de ce beau pays, il était le plus jeune président élu, ce qui amenait un vent de fraîcheur aux affaires politiques. Le peuple espérait une nouvelle dynamique dans la gestion des affaires. L'heure était venue pour lui de prouver qu'il était capable de tenir ses promesses.

Il décida de s'entourer de ses anciens alliés de l'opposition du M25, mais aussi naturellement des cadres de son parti de la Fraternité républicaine. Il leur distribua avec parcimonie les ministères et autres directions d'agences nationales. Une de ses priorités après l'installation de son gouvernement était la mise en œuvre de nombreuses réformes. Il avait promis au peuple nyambarois la réduction du train de vie de l'État. Pour honorer cette promesse, il supprima de nombreuses agences, ministères et institutions qui étaient considérés comme budgétivores et à faible impact sur le développement du pays.

Pour prouver son attachement à la bonne gouvernance, il mit en place une institution judiciaire chargée de traquer les fonds publics exécutés durant les deux mandats consécutifs de Nala Sembé. Il s'attaqua ensuite à la vie chère, en décidant la réduction du prix de nombreuses denrées de première nécessité. Il voulait soulager les ménages de leurs charges en matière de nourriture. Son vœu était que tous les habitants du Nyambara puissent manger à leur faim sans avoir à beaucoup dépenser. Cette mesure visait les franges les plus démunies de la population.

Étant originaire du monde rural, Sefu Mandeba prêtait une attention particulière aux paysans et à leurs moyens de subsistance. Il mit rapidement en œuvre son programme pour ces zones reculées, délaissées, oubliées, enclavées. Il lança d'énormes travaux pour la construction de routes, de ponts et de pistes pour les désenclaver. Ces infrastructures devaient permettre la bonne circulation des personnes et des biens sur ces axes reculés, ce qui devait participer considérablement à l'amélioration de leurs conditions de vie.

La réforme de la justice fut mise en œuvre par le gouvernement avec la création de nouvelles instances judiciaires dans toutes les provinces du Nyambara. Un nouveau vent d'espoir soufflait chez la population qui était témoin de toutes ces actions. Ils espéraient que leurs vies allaient rapidement changer sous l'impulsion du nouveau président et de son gouvernement.

Dans le cadre de la traque des fonds publics exécutés lors des deux mandats de son prédécesseur, le nouveau président élu du Nyambara se tourna à nouveau vers le fils de ce dernier. C'était la deuxième fois qu'il dirigeait une commission d'enquête sur lui, la première lui avait valu son éjection du siège de président de l'Assemblée nationale et du poste de numéro deux du parti de Nala Sembé. Le président déchu avait fait subir de terribles représailles à Sefu Mandeba pour avoir convoqué son fils à l'hémicycle pour rendre compte des dépenses exécutées par l'agence nationale qu'il gérait Désormais, le rejeton n'allait plus bénéficier de la protection de son père. Il allait devoir répondre de ses actes et de sa gestion devant la nouvelle institution judiciaire chargée de traquer les fonds publics. Le fils Sembé était à la merci du nouveau président qui comptait exercer pleinement la reddition des comptes.

Certains observateurs politiques du Nyambara considéraient cette traque des fonds publics comme une vengeance de Sefu Mandeba sur son ancien mentor Nala Sembé. Il savait que ce dernier protégeait son fils de toute procédure judiciaire, il ne voulait guère le voir entre les griffes des juges et procureurs. Il fut le premier à être visé par une enquête sous le règne du nouveau président. C'était le début d'une longue saga politico-judiciaire qui allait secouer tout le pays durant des années.

De tous les dignitaires de l'ancien régime, seul le fils de Nala Sembé était réellement inquiété. Les autres avaient négocié des accords secrets ou avaient rejoint les rangs de la coalition gagnante de Sefu Mandeba. Était-il victime d'un acharnement juridique de la part de Sefu Mandeba ? Les faits pour lesquels il était poursuivi étaient-ils avérés ? Seule une enquête sérieuse et impartiale pouvait déterminer si oui ou non il était coupable des faits qu'on lui reprochait.

Le procès du fils de Nala Sembé fut très médiatisé, il dura des mois. C'était un procès très controversé, il y avait clairement un déficit de preuves incriminant l'accusé. L'institution judiciaire avait demandé à l'accusé de fournir des preuves pour se décharger des accusations qui lui étaient portées. Ce qui était inédit dans ce genre de procès où l'accusation devait fournir toutes les preuves à charge. Certains analystes politiques traduisaient ce procès comme une volonté flagrante de détruire la carrière politique du fils de Nala Sembé. C'était également une vengeance déguisée en procédure judiciaire d'après leur analyse.

Ne pouvant fournir les preuves que l'institution judiciaire lui demandait pour justifier certaines dépenses et certains biens acquis, le fils de Nala Sembé fut envoyé en prison pour détournement de fonds publics. À l'issue du procès le plus médiatisé de ce début de règne, il fut condamné à une peine de cinq années d'emprisonnement, assortie d'une amende qui se chiffrait en milliards. L'héritier légitime de Nala Sembé, de son parti politique, se retrouvait ainsi derrière les barreaux pour une longue période. Il n'était guère envisageable pour lui qu'il se présentât à l'élection présidentielle suivante.

Sefu Mandeba était redoutable en matière de stratégie politique, il avait l'art d'user de toutes les cartes qu'il avait en main pour éliminer les obstacles sur son chemin. Ses déboires avec Nala Sembé lui avaient appris à ruser pour survivre. Depuis qu'il était devenu le président du Nyambara, une autre face de sa personnalité se révélait petit à petit. Il semblait ne guère tolérer l'adversité politique, il donnait l'impression de vouloir gouverner seul, en étant le seul maitre à bord.

******** *******

Une autre affaire politico-judiciaire devait à nouveau secouer la scène politique nyambaroise. Il s'agissait de l'affaire Kairo Baloma, un leader politique qui avait quitté un parti allié de la coalition gagnante de Sefu Mandeba. Kairo Baloma avait pris ses distances avec son parti de toujours pour pouvoir se présenter aux élections locales avec sa propre coalition. Les dirigeants du parti voulaient le dissoudre dans la coalition gagnante pour présenter un candidat commun avec les autres partis, ce qui n'était guère à son goût, lui qui était le numéro deux du parti. Il voulait s'affirmer en tant que leader politique et se présenter pour la mairie de la capitale du Nyambara : Soroké. Ce fauteuil était très prisé par les politiciens, c'était la plus grande ville du pays, le budget de cette mairie était la plus élevée de toutes.

Kairo Baloma était originaire d'un quartier populaire de Soroké, il y était très connu et aimé. Il faisait des gestes de solidarité et de bienfaisance très salués par sa communauté. Sa notoriété avait fini par se construire dans toute la ville de Soroké.

Son parti, le Réveil socialiste, avait été le premier parti du pays, un parti historique, avec une longue tradition de candidature à toutes les élections. Ainsi, il n'était guère en accord avec les dirigeants sur le fait de ne pas présenter de candidats propres au parti pour les élections locales. Il finit par claquer la porte pour créer une dissidence au sein du Réveil socialiste.

Sefu Mandeba avait choisi une candidate pour la mairie de la ville de Soroké. Il s'agissait de Zola Marena, une juriste qui avait une grande carrière dans les instances internationales. Après l'accession de Sefu Mandeba au fauteuil présidentiel, elle était devenue sa conseillère spéciale. C'était une femme de poigne, très respectée sur la scène politique nationale. Elle avait la réputation d'être véridique, elle s'exprimait sans langue de bois. Elle était originaire du même quartier populaire de Soroké que Kairo Baloma le dissident du Réveil socialiste. Ces deux dinosaures politiques allaient s'affronter pour conquérir le fauteuil moelleux de la mairie de Soroké.

Kairo Baloma fit jouer de son influence dans la capitale du Nyambara. Il y était né, il y avait grandi, il y avait fait toutes ses humanités, il était en terrain conquis. Il connaissait bien tous les coins et recoins de la ville. Il connaissait bien la population de Soroké, qui l'appréciait beaucoup pour ses actes de bienfaisances. Ils disaient de lui qu'il était une personne humble, accessible et travailleur. Il était le favori de cette élection locale. Zola Marena quant à elle, bénéficia des moyens de l'état du Nyambara pour essayer de convaincre les habitants de la capitale à voter pour elle. Ils distribuèrent beaucoup d'argent dans les quartiers pour disposer du vote des populations. Leur stratégie semblait efficace puisque toutes leurs manifestations étaient pleines de monde.

Les élections locales eurent lieu comme prévu. Kairo Baloma remporta haut la main la mairie de la capitale Soroké, en infligeant une cinglante défaite à la candidate de Sefu Mandeba, Zola Marena. C'était un affront pour le nouveau président du Nyambara qui avait investi des milliards pour la victoire de sa candidate. Malgré tout cela, elle s'était fait laminer dans la ville qui représentait le pouvoir au Nyambara. Il lui serait difficile d'avaler la pilule de cette défaite, il avait en horreur la défaite. Quelque chose en lui détestait le fait de perdre, cela le rendait malade.

Kairo Baloma surfa sur l'euphorie de cette belle victoire, pour renforcer sa coalition. Il voulait désormais peser plus sur la scène politique nationale. Il n'était plus prisonnier de son parti de toujours, il était le leader de son propre parti. Il se sentait pousser des ailes en planifiant sérieusement une candidature à l'élection présidentielle en vue. Sa victoire aux élections locales lui avait valu un énorme capital sympathie de la part de tout le peuple du Nyambara. Sa notoriété grandissait dans toutes les villes et tous les villages du pays. On le voyait déjà comme le successeur probable de Sefu Mandeba.

Quelques mois après son accession à la mairie de Soroké, Kairo Baloma reçut la visite des inspecteurs des finances. Ils étaient en mission, pour scruter les comptes de la mairie. Ils s'intéressaient plus particulièrement à la caisse noire, alimentée par les fonds publics, dont la gestion relevait de la discrétion du maire. Elle existait depuis des décennies et n'avait jamais fait l'objet d'un audit par l'inspection des finances. Certains citoyens du Nyambara voyaient cette mission d'inspection à la mairie de Soroké comme une manœuvre de Sefu Mandeba pour éliminer un adversaire politique, celui qui avait battu sa candidate à cette même mairie.

C'était la première fois que l'État du Nyambara à travers ses inspecteurs des finances s'intéressait à l'utilisation de ces fonds politiques. Il s'agissait d'une manœuvre politique de Sefu Mandeba visant à confronter sa justice au nouveau maire de Soroké. Pour se justifier devant l'opinion publique, il se disait très attaché à la bonne gouvernance et à la transparence dans la gestion des fonds publics. C'était la raison qu'il évoquait lorsqu'il lança des missions d'audit pour fouiller de fond en comble la mairie de la capitale. Les inspecteurs des finances, tels des chiens enragés se mirent à tout décortiquer dans les comptes, ils interrogèrent le personnel, ils firent des réquisitions dans les plus grandes banques du Nyambara. La machine destructrice de Sefu Mandeba était enclenchée, plus rien ne pouvait l'arrêter.

Lorsque les missions d'audit furent clôturées, les rapports remis au président faisaient état de nombreuses dépenses qui se chiffraient en milliards, et qui étaient injustifiées. Aucun document pouvant justifier ces dépenses n'avait été trouvé durant leur enquête. Seul le maire pouvait justifier ces dépenses puisqu'il les avait ordonnés avec le concours de son directeur financier et de son comptable. Ils étaient les seuls à pouvoir fournir des explications sur la destination de ces fonds et l'utilisation qui en avait été faite. C'était tout ce que Sefu Mandeba cherchait, la faille qui allait lui permettre de confronter Kairo Baloma à la justice. Le destin de ce dissident fougueux avec un avenir radieux sur la scène politique nationale était scellé, il allait l'écraser sous le coup d'une procédure judiciaire expéditive.

Après le procès rocambolesque du fils de Nala Sembé, qui croupissait dans une cellule de la prison de Soroké, c'était au tour de Kairo Baloma de faire face à la justice. On lui reprochait d'avoir détourné des fonds et d'en avoir abusivement bénéficié. Il était poursuivi par l'État du Nyambara. Kairo Baloma, qui n'était pas un homme de combat, était dévasté par cette procédure, il avait perdu son sang-froid, il avait peur de la prison. Il passa des nuits blanches durant toute la durée des investigations dans la mairie, il faisait d'horribles cauchemars, il devenait paranoïaque. Sa femme le réconfortait, mais il savait, en son for intérieur, qu'il était dans le viseur de Sefu Mandeba, il savait pertinemment que personne ne pouvait le sauver de ses griffes. Kairo Baloma avait utilisé les fonds pour lesquels il était inculpé dans le cadre de diverses initiatives sociales. Il avait notamment soutenu des associations sportives et culturelles, des groupes de patients, et avait fourni des denrées alimentaires à des milliers de familles démunies de la capitale. Cependant, il ne pouvait justifier ces dépenses, car elles provenaient d'une caisse secrète que seul le maire de Soroké pouvait utiliser à sa discrétion.

L'opinion publique du Nyambara était très critique envers ces procès qui ne concernaient que les leaders de l'opposition. C'était la première fois que l'on voyait cela sur cette terre de l'accueil, de la fraternité, du dialogue, qu'était le Nyambara. Jamais opposant n'avait autant souffert dans le pays. Kairo Baloma était très populaire dans la capitale Soroké, il émut toute la population du Nyambara lorsqu'il convoqua une conférence de presse pour alerter sur sa situation qui était très compliquée. Lors de cette conférence de presse qui avait des airs d'adieu à ses partisans et sympathisants, il leur expliqua en détail les raisons pour lesquelles il était poursuivi par l'État du Nyambara. Il mit en lumière la nature de ces dépenses que les juges considéraient comme un détournement de fonds, il affirma qu'il avait aidé des milliers de personnes avec cet argent et qu'il n'avait pas besoin de le justifier puisqu'il avait agi dans la discrétion totale. Il termina son discours en faisant savoir à tout le peuple du Nyambara qu'il était bien portant, qu'il n'avait aucune pathologie qui pouvait menacer sa vie immédiatement. Il était en pleurs. Il savait qu'il n'allait pas sortir indemne de ce procès.

L'opinion fut touchée par les confidences de celui qui représentait l'opposition politique du Nyambara. Les rumeurs allaient bon train dans les chaumières de Soroké, et de tout le Nyambara. Sefu Mandeba était considéré par beaucoup comme allergique à la concurrence politique. Il ne voulait pas d'une vraie opposition dans le pays, les supposés opposants qui passaient sous son radar étaient inactifs, peu populaires, parfois même c'était des alliés secrets qui pouvaient le rejoindre à tout moment. Tout opposant qui avait du charisme, de la popularité, une bonne base politique, et des ambitions ne pouvait cohabiter avec lui sur la scène politique nationale. Le fils de Nala Sembé avait été le premier à en faire les frais, Kairo Baloma était en bonne voie pour être la seconde victime de la politique de réduction de l'opposition à sa plus simple expression que Sefu Mandeba avait entamé depuis son accession au pouvoir.

Un long feuilleton judiciaire s'annonçait avec l'ouverture du procès du maire déchu de Soroké. Encore un, disaient certains analystes politiques. Le juge responsable de l'affaire avait ordonné l'incarcération de ce dernier et de ses coaccusés dès le premier jour de procès. Ils furent accusés de détournement de fonds public à hauteur de 2 milliards grâce à la falsification de documents administratifs. L'accusation était très grave, ils risquaient de passer de nombreuses années en prisons s'ils étaient condamnés. Kairo Baloma, malgré les lourdes accusations qui pesaient sur lui, avait encore le soutien d'une grande majorité du peuple nyambarois épris de justice. Ces derniers considéraient son incarcération comme une injustice.

Face à l'impitoyable machine judiciaire de Sefu Mandeba, il se résigna à purger sa peine, tout en continuant ses activités politiques depuis la prison. Il comptait se présenter comme candidat aux élections législatives, qui étaient toutes proches. Sa coalition, qui l'avait porté au fauteuil de maire de Soroké, avait décidé de le porter pour l'élire comme député de la ville. Malgré ses déboires judiciaires, sa cote de popularité n'avait cessé de grimper, il était le favori pour le siège de député de Soroké. Il réussit à se faire élire député de la ville de Soroké depuis la prison. Cette nouvelle victoire pouvait changer la donne concernant sa situation carcérale, car il disposait dès lors qu'il était élu député d'une immunité parlementaire, qui devait le protéger de toute poursuite judiciaire jusqu'à la fin de son mandat de cinq années. Il y avait une lueur d'espoir au sein de sa coalition, de ses partisans, et de sa famille pour qu'il soit sauvé des griffes de la justice commandée de Sefu Mandeba.

Malheureusement pour lui, la coalition du président avait réussi à décrocher la majorité des sièges de députés du parlement du Nyambara. Ils pouvaient décider de tout au sein de cette noble représentation. Leur première action fut de voter pour la levée de l'immunité parlementaire de Kairo Baloma. Ils justifiaient ce vote par un besoin impératif de laisser la justice aller au bout de son action dans cette affaire. Ils disaient lutter contre l'impunité et les passe-droits devant la justice pour les élites du pays, ces derniers devaient se sentir citoyens au même pied d'égalité que le peuple. Ainsi, le procès du dissident pouvait se poursuivre, la machine judiciaire de Sefu Mandeba reprenait son terrible cours. Le nouveau député Kairo Baloma, privé de son immunité parlementaire, se résigna à poursuivre son séjour carcéral, en attendant la décision définitive du juge.

Le juge le condamna à une peine de six années d'emprisonnement assortie d'une grosse amende qui se chiffrait en milliards. Dès que la sentence fut connue, la majorité de députés de la coalition de Sefu Mandeba convoqua une séance pour sa radiation. Cette nouvelle réquisition passa comme lettre à la poste en séance plénière à l'Assemblée nationale du Nyambara. Kairo Baloma était radié de son poste de député, son mandat était annulé, il était redevenu un citoyen ordinaire du Nyambara. Il allait rester dans la prison centrale de Soroké durant six longues années, loin de sa mairie, loin de son siège de député. Sefu Mandeba lui avait tout pris, il était dorénavant qu'un simple prisonnier.

Sefu Mandeba apparaissait petit à petit sous les traits d'un tyran, avide de pouvoir, qui voulait gouverner seul, sans opposition politique, aux yeux de l'opinion publique nyambaroise. De nombreux citoyens déploraient les emprisonnements systématiques de tous ceux qui représentaient un danger pour son pouvoir. Il aimait le pouvoir, il y tenait, il n'imaginait guère le perdre aux prochaines élections présidentielles. Toutes ces manœuvres avaient un but précis, il avait disposé ses pions sur l'échiquier politique en vue d'être le seul candidat crédible pour sa réélection. Il avait fait le vide tout autour de lui avec l'aide de l'appareil judiciaire.

********* *********

La gestion de Sefu Mandeba commençait à être décriée dans tout le pays. Dans le cadre des grands projets infrastructurels et économiques mis en œuvre par son gouvernement pour désenclaver les zones rurales et fournir de l'emploi à la population, il avait donné la part belle à des entreprises étrangères. Les termes des contrats signés étaient nébuleux, laissant entrevoir des faits de corruption dans l'attribution des marchés publics. Les ressources naturelles du pays, l'or, le zircon, le phosphate profitaient à des multinationales étrangères qui les exploitaient, ensuite ils renvoyaient leurs bénéfices vers leurs pays d'origine. Ces entreprises sous-payaient les salariés locaux qui travaillaient dans des conditions précaires sans garanties pour leur avenir.

De nombreux citoyens du pays réclamaient plus de transparence dans la gestion des affaires du pays, ils revendiquaient également de meilleures conditions de travail. La politique économique de Sefu Mandeba était sévèrement critiquée par de nombreux analystes politiques qui dénonçaient l'absence totale de souveraineté dans de nombreux secteurs économiques du pays. Ce fut dans ce contexte qu'un nouvel acteur politique émergea dans le Nyambara. Il s'agissait d'un inspecteur des finances, fonctionnaire du ministère des finances, jusque-là inconnu du bataillon politique : c'était Omiba Sanda.

Il était originaire du sud du Nyambara, plus précisément du village de Makonga. Son parcours était exemplaire jusqu'à son arrivée dans la fonction publique. Il était spécialisé dans les finances des entreprises publiques, privées, dans les passations de marchés et les contrats d'entreprises. Il fut nommé inspecteur des Finances responsable du contrôle fiscal des entreprises, et de la régularité des contrats financiers du public et du privé. Ses débuts au ministère des Finances furent très remarqués. On pouvait déjà lui témoigner du sérieux, de l'intransigeance, de la droiture, de l'honnêteté, de l'assiduité dans son travail. Dans un département où les enjeux financiers étaient colossaux, on lui témoignait le fait d'être incorruptible.

Omiba Sanda n'était guère intéressé par l'argent, par le pouvoir, par le prestige, tout ce qui le motivait, c'était l'honneur et la satisfaction du devoir accompli. Il voulait tout faire pour que son travail impacte la vie des nyambarois. C'était un homme de devoir, qui se sentait investi d'une mission sacrée auprès de son peuple. Son travail était le seul moyen pour lui de remplir cette mission de haute portée. Durant ses premières années de service, il eut tout le loisir d'observer et d'étudier le système qui prévalait dans l'administration publique des finances. Il était au fait de différents contrats et marchés publics, il en connaissait les moindres détails. Son réseau d'informateurs s'étendait à tous les départements ministériels du pays, ces derniers le tenaient informé de tout ce qui n'était pas réglementaire dans les affaires publiques.

Le poste d'inspecteur des finances lui facilitait la tâche, il pouvait mener ses investigations sur de nombreux dossiers économiques sans éveiller les soupçons. Les dossiers qu'il traitait concernaient pour la plupart la gestion de Sefu Mandeba. C'était sous son magistère qu'il avait été recruté comme inspecteur des Finances, c'était donc une évidence pour lui de commencer par cette période. Il allait tout mettre en œuvre pour que la lumière soit faite sur de nombreux dossiers, mais également il s'engagea pour l'amélioration des conditions de travail des employés de son service.

Après trois années au sein du département des finances, Omiba Sanda était révolté par la situation des travailleurs, qui avaient toutes les peines du monde à réaliser quelque chose de concret durant leur carrière. Les indemnités sur les salaires pour le logement et la famille étaient maigres, ne leur permettant guère d'avoir un toit ou une vie confortable à la retraite. Il décida de faire bouger les choses à sa manière, en amorçant une concertation de tous les employés pour la création d'un syndicat des agents du département des finances. Il réussit à rallier les cadres et les agents à cet objectif, qui, à terme, leur profitera à tous. Après moult réticences et blocages de la part de ses supérieurs hiérarchiques, Omiba Sanda parvint à la création du syndicat des agents du département des finances.

Il fut nommé président du syndicat. Son sacerdoce c'était l'amélioration des conditions de travail et de rémunération des agents du département des finances. Il avait promis de tout faire pour que les employés du département ne finissent pas leurs carrières dans la précarité et le désœuvrement.

Omiba Sanda mit son syndicat sur les rails avec le soutien inconditionnel de ses collègues de travail. Il revendiqua au nom du syndicat des logements accessibles pour eux, ainsi qu'une augmentation considérable des indemnités sur les salaires et les pensions de retraite. Il s'agissait des premiers faits d'armes de Sanda dans sa carrière professionnelle.

Sefu Mandeba, quant à lui, tenait d'une main de fer le Nyambara. Il déroulait son programme avec ses alliés, tout en prenant soin de réduire au silence ses opposants par la prison. Lors d'une visite dans son village natal, il fut convoqué par les Oracles de Zangala. Ils le conviaient à une séance privée de divination, dans une case située à l'orée du bois sacré. Cela devait se tenir dans la nuit, quand les esprits seraient plus réceptifs aux demandes des Oracles. Lors de cette séance à huis clos, dans la case du chef des Oracles, Sefu Mandeba s'était vu révélé une prédiction qui allait le marquer profondément. Cette nuit-là, le chef des Oracles affirma à Sefu Mandeba, dans un ton grave, qu'un homme d'une grande dimension allait entrer en concurrence avec lui pour le pouvoir. Il lui dit qu'il pouvait être son successeur si certains éléments du destin étaient réunis. Il supplia le président du Nyambara, qui était bouche bée en entendant ces paroles, de ne pas user de la force du pouvoir pour éliminer la concurrence politique.

D'après le chef des oracles, cet homme qu'ils avaient vu dans leurs transes divinatoires n'était pas un homme ordinaire, il avait des protecteurs invisibles, il était sous le joug des ancêtres. Il mit en garde le président de ne pas s'attaquer à lui, comme il l'avait fait avec le fils de Nala Sembé, ou Kairo Baloma. Le chef des Oracles invoqua les esprits des ancêtres pour la protection du président et promit de faire des sacrifices pour la réussite de son mandat à la tête du pays.

En sortant de la séance divinatoire, Sefu Mandeba était furieux. Il croyait avoir fait le vide autour de lui, maintenant les Oracles lui annonçaient qu'il devrait faire face à un opposant hors du commun, qui risquait de lui confisquer son pouvoir. Qui était cet homme dont il était question ? Cette question le taraudait, il ne voyait pas un homme politique qui pouvait représenter une telle menace sur la scène politique du moment. Les deux opposants qui avaient la possibilité de le vaincre aux élections présidentielles dormaient en prison. Le fils de Nala Sembé et Kairo Baloma en avait pour des années, ils ne pouvaient guère représenter une menace sérieuse pour son pouvoir. Sefu Mandeba perdit le sommeil depuis cette nuit où les Oracles lui avaient fait cette funeste révélation. Il avait une peur bleue de leurs prédictions, qui tombaient juste pour la plupart. En bon homme d'État, il fit mettre les services de renseignements en état d'alerte. Il leur donna des instructions pour qu'ils l'informent de la création de tout mouvement ou parti politique dans tout le pays. Il voulait être informé sur les nouveaux membres des partis politiques traditionnels, surtout les cadres, les leaders de mouvements associatifs, les éminents artistes, personne ne devait passer sous son radar. La chasse à l'opposant mystère était lancée.

Omiba Sanda continuait son combat syndical au niveau du département des finances. Les satisfactions enregistrées suite à leurs différentes revendications avaient fait des émules. Il était connu de tous les agents du ministère, il commençait même à faire parler de lui dans les autres départements ministériels. Il avait suscité beaucoup d'espoir dans la lutte syndicale, il était cité en exemple partout où des travailleurs égrenaient des revendications. Fort de ce succès dans le monde syndical, Omiba Sanda décida de se lancer dans la politique. Il porta sur les fonts baptismaux un nouveau parti, nommé le rassemblement pour l'unité, le Travail, et l'Éthique du Nyambara. Ce parti devait être avant tout un parti de la classe ouvrière, qui avait pour principaux objectifs d'établir de la transparence et de la bonne gouvernance dans la gestion des affaires publiques.

Il rallia à cette cause nouvelle, ses collègues, cadres et agents du département des finances. Le nouveau chef de parti se sentait investi d'une mission qui était de lutter contre la corruption, la fraude, la gabegie, le favoritisme dans le système politique et financier du Nyambara. Son poste d'inspecteur des finances lui avait beaucoup enseigné sur les pratiques malsaines du gouvernement de Sefu Mandeba. Il était en passe de s'attaquer à sa gestion du pays, caractérisé par la mal-gouvernance, et une préférence avérée dans ses projets d'état pour des entreprises étrangères.

Cependant, Omiba Sanda n'était pas dupe, il connaissait bien celui qu'il avait choisi de défier sur l'arène politique. Il en savait beaucoup sur lui. Il était témoin, comme tout le peuple du Nyambara du sort réservé aux opposants qui osaient s'en prendre au président, ils étaient tous en prison. Le nouveau chef de parti était conscient qu'il voulait se frotter à un adversaire coriace, qui détenait énormément de pouvoir entre ses mains, pouvoir qu'il n'hésitait jamais à utiliser pour se débarrasser de ses concurrents politiques les plus sérieux. Mais il était prêt à l'affronter, la peur ne faisait pas partie de son vocabulaire, il était jeune, intelligent, charismatique avec une énorme ambition politique : il voulait changer le Nyambara.

Celui qui avait fait le terrible choix de s'opposer à Sefu Mandeba avait un fort caractère, et un tempérament de feu. Son courage était décrit par ses collègues comme légendaire. Il était nerveux, spontané, et n'avait jamais eu peur de s'engager dans un combat seul. C'était un loup solitaire, mais qui avait assez de charisme, pour mobiliser autour de lui. Son ambition était de devenir un acteur clé de la scène politique du Nyambara. Il s'y était préparé depuis ses premières années de lutte syndicale, il n'avait jamais douté de ses capacités à enclencher des dynamiques, à fédérer des opinions autour d'un seul et même objectif, la lutte contre la corruption.

Après la création de son parti politique, il commença à réunir ses partisans autour de conférences publiques, où il s'attaquait ouvertement à Sefu Mandeba et à sa gestion du pays. Il critiquait son gouvernement, dénonçait les anomalies fiscales et budgétaires. Les informations qu'il avait eu à obtenir dans le cadre de ses enquêtes personnelles étaient livrées au grand public sans aucune hésitation. Il s'agissait d'informations cruciales, sur les finances publiques, les marchés publics, les prestataires publics et privés qui étaient tous indexés dans ses rapports d'enquête. Il fustigeait la mauvaise gestion des ressources naturelles du pays, avec la signature de contrats d'exploitations nébuleux du gouvernement de Sefu Mandeba. Il déplorait le fait que l'exploitation de ces ressources naturelles qui rapportaient des milliards ne puisse profiter au peuple nyambarois. Ses discours étaient d'une virulence sans précédent envers le président du Nyambara et son gouvernement.

C'était la première fois qu'un homme politique osait s'attaquer à Sefu Mandeba, en public, depuis son accession au pouvoir. Omiba Sanda s'était résolument inscrit dans l'opposition radicale, ce qui était également une nouveauté dans ce pays où tout devait se négocier, où tout était discutable. Il ne s'était pas jeté dans l'arène politique pour faire de la dentelle, le ton de ses discours en était la preuve. Cet homme avait une profonde affection pour le Nyambara, la terre de ses ancêtres. Il était prêt à tout pour éradiquer ce qu'il percevait comme une infection.

Les premières conférences publiques de ce nouvel homme politique avaient fait beaucoup de bruits dans le pays. Des extraits audios et vidéos de ses discours circulaient dans les téléphones de nombreuses personnes. Ces derniers étaient marqués par son courage et la franchise dans ses dires, ils n'avaient jamais vu un politicien avec une telle énergie. Un vent de fraîcheur était en train de souffler sur la scène politique nyambaroise, certains avaient pu le sentir avec l'arrivée d'Omiba Sanda.

Sefu Mandeba avait eu vent à travers ses services de renseignements de ce nouveau phénomène politique qui couvait encore dans son œuf. Il avait diligenté une enquête de moralité sur cet énergumène pour mieux le cerner et savoir à quoi s'attendre de sa part. Les prédictions des oracles de Zangala résonnaient encore dans sa tête. Il recherchait toujours cet homme dont il devait se méfier s'il ne voulait pas perdre son pouvoir. Les résultats de l'enquête de moralité ne le rassuraient guère. Cet Omiba Sanda était l'incarnation parfaite de tout ce que les devins lui avaient décrit. Il était encore peu connu du grand public, mais il voyait en lui un futur monstre politique. Cette intuition se confirma lorsqu'il écouta les discours de ce dernier, il avait quelque chose de spécial en lui, ce n'était pas un homme ordinaire. Il avait osé le défier publiquement en étalant des faits de corruptions, de malversations, ou bien encore de favoritisme économique, sans aucune peur. Il allait devoir s'employer dans la ruse et les manœuvres politiques pour s'en débarrasser.

Le président du Nyambara était terriblement perturbé par le fait que son nouvel opposant fut un agent de l'administration publique du pays. Il apprit que ce dernier avait créé un syndicat au sein du département des finances, avant de créer son propre parti. Sa cote de popularité commençait à grimper dangereusement, ses discours enflammés faisaient chaque jour de nouveaux adeptes. Et si c'était lui l'homme aux pouvoirs surnaturels qui ferait vaciller son pouvoir ? La réponse semblait de plus en plus évidente, Omiba Sanda n'était pas un enfant de chœur, il n'avait pas peur de se confronter à lui, malgré tout le pouvoir qu'il détenait. Il fallait qu'il fasse quelque chose pour le freiner, le mettre hors d'état de nuire politiquement.

En fin stratège politique, Sefu Mandeba décida d'utiliser le fait que ce dernier soit un agent de la fonction publique pour s'attaquer à lui. Il avait le pouvoir d'influer sur sa carrière puisqu'il pouvait décider du sort de tout agent de la fonction publique. Il n'allait pas y aller de main morte sur la riposte qu'il devait apporter à ce jeune politicien prétentieux, qui n'avait pas conscience de l'étendue de ses pouvoirs, lui, le président de ce pays du Nyambara. Il voulait le sanctionner pour les informations qu'il avait révélées au grand public pour dénoncer sa gestion du pays, tout en étant soumis au devoir de réserve par sa fonction d'inspecteur des Finances. Il décida de le radier de cette fonction, tout simplement. C'était une mesure radicale, mais à la hauteur des attaques publiques dont il faisait l'objet.

Le ministre de tutelle d'Omiba Sanda le suspendit pour une durée indéterminée, il lui était officiellement reproché d'avoir divulgué des informations sensibles malgré son devoir de réserve. C'était la première étape de la riposte de Sefu Mandeba, le rouleau compresseur était en marche, Omiba Sanda n'avait aucune issue pour se dérober. La procédure de sa radiation pure et simple était dans les coulisses de l'administration publique du Nyambara, ce n'était qu'une question de temps avant que la sanction finale ne tombe. Le sort de l'opposant fougueux était scellé. Sefu Mandeba ressentait une profonde aversion pour cet opposant sorti de nulle part, il était impératif à ses yeux, de lui ôter tout moyen de se faire entendre, il voulait l'enterrer dans l'anonymat.

La radiation d'Omiba Sanda fut effective quelques semaines après sa suspension de son poste d'inspecteur des finances. On lui retirait également ses droits à une pension de retraite. C'était la sanction la plus lourde que l'on pouvait exercer sur un fonctionnaire de l'administration publique du Nyambara. Le motif de sa radiation était officiellement : manquement au devoir de réserve. Une page sombre de l'histoire politique du Nyambara était en train de s'écrire, jamais au grand jamais, ce beau pays avait vu un homme politique se faire radier de son poste. Sefu

Mandeba parvenait encore une fois à se défaire d'un adversaire politique avec des moyens peu conventionnels.

Omiba Sanda allait-il se relever de ce gros coup dur ?

La domination du président se renforçait chaque jour davantage, alors qu'il éliminait progressivement tous ceux qui l'entouraient. L'opinion publique devenait de plus en plus critique envers ses manœuvres et manigances politiques qui ne servaient guère les intérêts du peuple nyambarois, sinon son désir de gouverner seul, sans aucune voix discordante. La liste des opposants déchus s'allongeait inexorablement. Après quatre années de règne, Sefu Mandeba avait fait emprisonner le fils de l'ancien président Nala Sembé, il l'avait gracié et exilé du pays après deux ans au cachot. Il avait ensuite emprisonné le populaire maire de Soroké, Kairo Baloma, pour détournement de fonds, il l'avait privé de son poste de maire de la capitale, puis de son poste de député. Ce dernier dormait toujours dans une cellule de la prison centrale de Soroké, il n'envisageait guère de le gracier avant les élections présidentielles. Omiba Sanda, le courageux et honnête inspecteur des finances, était sa dernière victime, après qu'il ait critiqué violemment le régime et sa gestion des affaires publiques. Il l'avait fait radier, en le privant de ses droits à une pension de retraite, une sanction historique dans l'administration publique du Nyambara.

A l'approche de l'élection présidentielle, qui devait consacrer sa réélection à un second mandat, Sefu Mandeba était le seul candidat avec une certaine stature politique. Il sortait facilement du lot, avec une opposition réduite à sa plus simple expression. Le chemin était tout tracé pour qu'il briguât un second mandat dans ces conditions. C'était ce qu'il pensait. Seulement, il omettait de prendre en considération que malgré sa radiation de la fonction publique, Omiba Sanda était encore libre, il était encore à la tête de son parti, qu'il s'acharnait à massifier désormais. Sa radiation avait été largement médiatisée, ce qui lui avait valu la sympathie d'une grande frange de la population nyambaroise qui considérait cet acte comme une injustice. Sa popularité augmentait de jour en jour, au gré de ses conférences publiques, qui drainaient de plus en plus de monde. Ses discours étaient retransmis sur certains médias proches de l'opposition, ils circulaient également sur les téléphones, on les retrouvait sur les sites web. Il devenait clair aux yeux de tous que cet homme avait quelque chose en lui qui le différenciait des autres hommes politiques, il était clairement au-dessus du lot.

Sefu Mandeba avait cru se débarrasser d'un opposant politique, mais il l'avait renforcé en réalité. Il avait usé de son pouvoir pour s'en défaire, mais le public l'avait adopté. Comme les oracles de Zangala le lui avaient prédit, cet homme n'avait rien d'ordinaire, il allait lui causer beaucoup de soucis. La confrontation entre le tyran Sefu Mandeba et le courageux Omiba Sanda devait marquer pour toujours l'histoire politique du Nyambara. Des jours sombres s'annonçaient sur cette terre d'accueil, bénie des ancêtres.

Qui sortirait indemne de cette confrontation politique aux allures de combat de titans ? Sefu Mandeba ? Omiba Sanda ?

L'avenir proche allait apporter une réponse claire et nette à cette question.

Acte II: L'Oppression et la Résistance

Chapitre 4: Les actes de tyrannie

Malgré la mise en œuvre de grands projets d'infrastructures, de réformes pour la santé, l'emploi, la Sécurité sociale, et l'économie, les premières années de Sefu Mandeba à la tête du Nyambara étaient plus marqués par les grands feuilletons politico-judiciaires. C'était ce que le peuple du Nyambara avait retenu de son règne. Sa cote de popularité dégringolait de jour en jour. Il était dépeint comme un dirigeant injuste, colérique, tyrannique, qui usait du pouvoir que le peuple lui avait confié pour se débarrasser de ses concurrents politiques.

Les Oracles du Zangala l'avaient pourtant mis en garde contre l'usage abusif du pouvoir pour éliminer la concurrence politique, cela constituait un danger énorme pour la paix et la stabilité de cette belle terre du Nyambara. Les esprits des ancêtres avaient montré de terribles choses aux devins, ils les avaient tues devant le président, mais ils étaient extrêmement inquiets. C'étaient des visions d'horreur faites de sang, de larmes, de feu, et de fumée noire, c'était un paysage apocalyptique. Ils avaient passé des nuits à implorer les ancêtres, à faire des sacrifices en tout genre, pour que ces visions deviennent réalité. Ils avaient tout fait pour conjurer ce mauvais sort qui était en passe de s'abattre sur le pays à cause de la politique.

Sefu Mandeba était au centre de ce tourbillon, il était la clé du destin du Nyambara et de son peuple. Il avait le pouvoir de repousser ces sombres présages très loin, en faisant un meilleur usage de son pouvoir. La tyrannie qu'il expérimentait devait conduire à un bain de sang historique, qui allait souiller la terre de ses ancêtres. Il devait accepter la concurrence politique, il devait être tolérant avec ceux qui n'étaient pas en accord avec lui sur la gestion du pays, il ne devait pas user de la force répressive contre son peuple, ce peuple qui l'avait élu et avait placé tant d'espoir en lui.

Les Oracles avaient toujours ces visions cauchemardesques dans leurs transes rituelles, leurs supplications et leurs sacrifices semblaient vains. Toujours ces images de torrents de larmes, de sang, des visages aux bouches et aux yeux cousus, qui revenaient encore et encore, indiquant une terrible fatalité face à ces évènements. Ils voyaient un ciel où trônait un soleil tout rouge, de la couleur du sang, ils voyaient sur la terre des corps sans vie, ils ressentaient dans l'air une odeur piquante qui empêchait la respiration. Le présage était très mauvais, ils ne pouvaient plus se limiter aux incantations et aux sacrifices, ils devaient faire un rituel avec Sefu Mandeba, qui constituait la clé de toute cette énigme.

Les Oracles décidèrent à l'unanimité de soumettre le président à une séance rituelle d'exorcisme pour le libérer du démon qui l'habitait et qui risquait de faire sombrer le pays dans le chaos. Ce démon prenait plus en plus de place en lui, il était en train de manger son âme. C'était à cause de lui que Sefu Mandeba était avide de pouvoir, il le manipulait pour qu'il se débarrasse de ses concurrents politiques. Il s'était immiscé en lui après son accession au pouvoir, au moyen d'un tourbillon de vent, qu'il avait traversé. Il était impératif aux yeux des devins du Zangala que ce compagnon diabolique quitte le président avant que l'irréparable ne se produisît.

Ils choisirent un émissaire, qui devait se rendre au Palais de Soroké où régnait le président du Nyambara, pour le convier à une cérémonie traditionnelle de divination. C'était le motif officiel de cette invitation à Zangala, le village natal du président, mais il s'agissait en réalité d'une séance d'exorcisme. Cet émissaire était un sage du village, très respecté, qui présidait au Conseil des Anciens sous le grand arbre de la place centrale. Il lui revenait la difficile mission de tout faire pour convaincre Sefu Mandeba à venir participer à cette cérémonie traditionnelle. Les Oracles ne pouvaient effectuer ce voyage vers Soroké parce qu'ils étaient dans l'obligation de rester dans le village près du sanctuaire des ancêtres, pour effectuer les rituels et sacrifices au quotidien. Ils y restaient durant tout le temps où ils portaient la tenue sacrée d'oracle.

Le sage, émissaire des Oracles de Zangala, fut reçu par Sefu Mandeba, après d'interminables négociations avec son cabinet. Le président était trop pris pour les visites personnelles et privées, disaient-ils. Il avait fallu que l'émissaire des Oracles fasse mention d'un message urgent de la part des ancêtres à délivrer au président pour que ce dernier lui accordât une entrevue. Sefu Mandeba était conscient du pouvoir des esprits, des ancêtres, des Oracles, il ne voulait guère les froisser même s'il ne voyait aucunement en quoi il avait besoin d'eux, lui qui gouvernait le Nyambara d'une main de maitre. Il accordait une entrevue de quelques minutes au vieux sage de Zangala, juste pour la forme, pour ne pas fâcher les esprits.

L'entrevue eut lieu dans un des majestueux salons du Palais présidentiel de Soroké. Le vieux sage fit savoir au président qu'il devait se rendre en toute urgence dans le bois sacré de son village natal, pour la tenue d'une cérémonie traditionnelle de la plus haute importance. Cette cérémonie devait avoir lieu lors de la prochaine pleine lune pour la tenue d'un rituel sacré qui devait le protéger et protéger le pays de tout mal, de toute calamité venant des hommes ou des esprits. Tel était la volonté des Oracles. Le vieux sage fit mention au président d'un danger imminent qui risquait de faire beaucoup de mal au peuple et à la terre du Nyambara d'où l'urgence de sa convocation à cette cérémonie.

L'émissaire fit savoir à Sefu Mandeba que les Oracles avaient été très agités, qu'ils avaient des visions sombres et étranges. Il lui fit part du silence des esprits ces derniers jours malgré les incantations et les sacrifices des devins. L'heure était grave et il devait prendre part à ce rituel. Pour finir, il rappela au président la force et la puissance des esprits, mais aussi des Oracles qui étaient leurs messagers sur la terre depuis la nuit des temps, il lui rappela à quel point leurs visions et prédictions étaient véridiques.

Cependant, Sefu Mandeba était devenu arrogant, son pouvoir lui avait fait penser qu'il était au-dessus de tous les hommes sur la terre du Zangala, même les Oracles de Zangala. Il fit mine d'être en accord avec la volonté de ces derniers devant l'émissaire, tout en promettant de tout faire pour participer à cette cérémonie à laquelle on le conviait. Le président du Nyambara savait en son for intérieur qu'il n'allait pas honorer sa parole, il minimisait les mises en garde des devins de son village natal. Il avait toute une armée à ses ordres, il pouvait repousser toutes les menaces contre la paix et la stabilité du pays, c'était ainsi qu'il voyait les choses.

Il avait mis un nom et un visage sur la plus grande menace du pays, selon lui : Omiba Sanda. Il représentait un danger énorme pour son pouvoir. Sa priorité absolue était de le museler, de le mettre hors d'état de nuire politiquement. Il pouvait compter sur toute l'administration publique, sur les forces de défense et de sécurité, sur ses partisans politiques pour mener à bien ses manœuvres politiques, il n'avait pas besoin de rituels au fond de la forêt dans une sombre case. Il remercia, avec fausseté et hypocrisie, le vieux sage, émissaire des Oracles de Zangala. Il lui offrit de nombreux présents, tout comme à ceux qui l'avaient envoyé. Il était temps pour lui de s'occuper de son principal opposant.

Il allait tout mettre en œuvre avec les moyens illimités à sa disposition pour l'éliminer politiquement. Omiba Sanda était devenu l'homme à abattre, l'ennemi public numéro un aux yeux de Sefu Mandeba. Il l'avait fait radier de la fonction publique, il l'avait privé de ses droits à une pension de retraite, mais ce dernier n'avait pas disparu des radars. Il était même devenu plus virulent dans ses discours, il semblait exempt de peur, d'appréhension, toujours à révéler des dossiers qui l'embarrassaient beaucoup, lui et son gouvernement. Le grand public était friand de ces révélations qui faisaient débat dans les chaumières et sous l'ombre des arbres autour d'un verre de thé. Il animait la vie politique d'une manière innovante en donnant les informations cruciales sur la gestion du pays au peuple. Ces derniers se sentaient lésés par Sefu Mandeba, tandis qu'ils adulaient Omiba Sanda.

Ce jeune opposant courageux et ambitieux était en train de marquer d'une empreinte indélébile le paysage politique du Nyambara. Sa radiation du département des finances du Nyambara était devenue une véritable bénédiction, elle lui avait valu la sympathie de milliers de personnes de tous les âges, de toutes les classes sociales, à travers tout le pays. Il continuait à dénoncer la gabegie dans la gestion du pouvoir du président et de son gouvernement. Omiba Sanda lui reprochait également le recrutement de dizaines de membres de sa famille proche ou lointaine dans les différents départements de l'administration du Nyambara. Sanda avait des informateurs secrets dans toutes les structures publiques, ces derniers lui faisaient des comptes rendus réguliers sur les recrutements et les contrats exécutés. Il était informé de tout ce que le gouvernement voulait cacher et il le révélait au peuple nyambarois qu'il défendait.

En même temps qu'il tirait à boulets rouges sur Sefu Mandeba, Omiba Sanda avait superbement structuré son jeune parti politique à l'échelle du territoire national, il avait des relais dans les moindres recoins du pays. Il se préparait avec ardeur à participer à sa première élection, il s'agissait d'élections législatives pour élire les députés de l'Assemblée nationale. Il s'allia avec de nombreux partis marginalisés, avec qui il partageait les mêmes idées. Ils avaient peu de chance pour aspirer à une majorité, mais leur véritable objectif était d'obtenir quelques sièges afin de faire entendre leurs voix au sein de l'hémicycle.

À l'issue de ces élections législatives, ils ne parvinrent à obtenir qu'un seul siège à l'Assemblée nationale. Omiba Sanda fut logiquement choisi par la coalition pour occuper ce siège. Quand Sefu Mandeba apprit le résultat de son principal opposant, il en rit joyeusement. Sa coalition avait réussi à gagner la majorité des sièges de l'hémicycle. Il avait l'intention de lui mener la vie dure dans cet antre de la démocratie nyambaroise.

Sefu Mandeba, dans un accès de mégalomanie, commença même à douter des prédictions des oracles de Zangala. Il se méfiait d'eux, de leurs rituels, de leurs incantations, de leurs amulettes. Il pensait que ces derniers avaient échafaudé un plan pour lui retourner la tête, pour le manipuler et lui soutirer des biens. Le président du Nyambara prenait petit à petit ses distances avec son village d'origine : le Zangala, cette terre qui l'avait vue pousser son premier cri, durant cette terrible nuit d'orage. Il n'y avait plus posé le pied depuis des années. Il avait construit une énorme et luxueuse villa pour ses parents dans la banlieue chic et bourgeoise de Soroké. Ils avaient coupé tous les ponts avec Zangala et ses habitants. Dorénavant, ils s'isolaient dans leur magnifique tour d'ivoire très loin de ce qu'ils avaient connu jusqu'à l'élection de Sefu Mandeba comme président du Nyambara.

Désormais, les Mandeba jouissaient d'une vie de luxe, d'ostentation et de démesure. À la moindre occasion, ils organisaient des cérémonies grandioses où était invitée la crème de la bourgeoisie du Nyambara, composée de familles d'industriels, de familles de dirigeants politiques proches de Sefu Mandeba, mais aussi de familles de grands artistes à la renommée mondiale. Ces fêtes mondaines offraient des buffets dignes des plus grands palais royaux, avec des mets les uns plus succulents que les autres. L'abondance régnait dans cette demeure, cela se voyait facilement. Des cadeaux prestigieux étaient offerts aux invités par la famille Mandeba, des bijoux en or, des maisons, des voitures, des domaines agricoles. Les griots qui venaient chanter leurs louanges étaient couverts de billets de banque flambants neufs. Ainsi vivait la famille proche du président du Nyambara, une vie aux antipodes de celle qu'ils avaient avant le pouvoir.

La famille Mandeba était très loin des préoccupations du peuple qui s'appauvrissait de jour en jour, malgré les innombrables projets de développement du président et de son gouvernement. Les projets infrastructurels gigantesques ne profitaient pas encore à la majorité du peuple dans la vie de tous les jours. La corruption, la mal-gouvernance, la mauvaise gestion des ressources naturelles gangrénaient le pays. Il y avait une fracture claire et nette au sein de la société avec d'une part les dirigeants et leurs familles, les industriels, les grands artistes qui s'enrichissaient à vue d'œil, grâce à des faveurs qu'ils se faisaient au sein de leur cercle restreint. De l'autre côté, pour la majorité de la population nyambaroise, c'était la vie chère, l'inflation des prix des denrées de première nécessité, la cherté des soins de santé, la cherté du loyer et des matériaux de construction, la discrimination dans l'attribution des marchés publics et des recrutements dans l'administration publique.

L'espoir de voir leur situation s'améliorer sous la direction de Sefu Mandeba s'estompait progressivement chaque jour.

Dans ce contexte de morosité générale, le discours d'Omiba Sanda, qui siégeait désormais à l'Assemblée nationale, était comme un rayon de soleil dans un jour sombre. Ses révélations fracassantes sur les malversations, les fraudes fiscales, les spoliations de terres à de pauvres paysans suscitaient un énorme intérêt auprès du grand public, qui en demandait toujours plus. Il comptait confronter le président et son gouvernement devant le peuple pour qu'ils assument leur mauvaise gestion du pays.

Omiba Sanda descendait d'une lignée guerrière, ses ancêtres s'étaient battus contre les envahisseurs blancs sans répit. Il avait hérité d'eux un courage sans limite, il n'avait pas peur de la confrontation, du combat, de l'adversité, il s'y plaisait même. Le sang chaud de guerrier coulait dans ses veines. Son engagement pour le peuple pouvait lui couter la vie, il n'avait guère l'intention pour autant de reculer, ou de fuir. Il était imbu du sens de l'honneur et du devoir que lui avaient légué ses ancêtres en héritage. Il avait choisi son combat politique, qui était d'éliminer la mal-gouvernance, la corruption, le favoritisme économiques au profit de puissances étrangères qu'incarnaient Sefu

Mandeba et son gouvernement. Il avait l'intention de mener ce combat à bout au prix de sa vie.

Sefu Mandeba, quant à lui, ne considérait toujours pas Omiba Sanda comme un opposant sérieux qui pouvait menacer son pouvoir, surtout après son résultat aux élections législatives, ce jeune opposant prétentieux et bavard d'après lui, n'avait obtenu qu'un siège. Ce qui ne l'empêchait guère de dormir. Il comptait le laisser faire du bruit pour rien, l'essentiel était de gagner les élections. Pourtant, il voyait bien que la cote de popularité de ce dernier augmentait de jour en jour, mais il allait lui montrer une bonne fois pour toutes sa suprématie aux prochaines élections présidentielles. Sefu Mandeba était sûr de remporter ces élections, il n'avait aucun opposant digne de ce nom pour le faire douter.

Le président se vantait d'avoir construit plusieurs grands ouvrages routiers, dont des ponts pour désenclaver les régions fluviales, et d'avoir livré des autoroutes, d'autres étant encore en construction, afin d'assurer une circulation rapide partout dans le pays. Il avait aussi mis en place divers programmes de développement, notamment pour les femmes et les jeunes, et investi des milliards dans des bourses de sécurité sociale pour les familles les plus démunies. Seulement, dans la mise en œuvre de tous ces chantiers et programmes de développement, il existait de nombreuses anomalies et zones d'ombres. Il y avait des dépenses qui n'étaient pas justifiées, des marchés qui étaient attribués sans aucun appel d'offres, des soupçons de corruption et de fraude fiscales planaient sur bon nombre d'entreprises impliquées dans ces grands projets.

Le paradoxe était qu'en dépit de ces programmes de développement et de ces projets d'infrastructures, les populations de certaines régions rurales et de certaines banlieues des grandes villes s'étaient appauvries, car elles n'avaient pas d'activités économiques rentables. Le chômage régnait en maître au sein de cette frange vulnérable de la population, ce qui poussait à des réflexes désespérés, comme la traversée de l'océan en pirogue pour rejoindre le Vieux Continent des anciens envahisseurs, considéré comme un eldorado. Des milliers de jeunes avaient réussi à passer de l'autre côté, des milliers d'autres avaient sombré dans les eaux froides et tumultueuses de l'océan, laissant derrière eux, femmes et enfants, père et mère éplorés. Une autre frange avait versé dans la délinquance, la drogue, les jeux d'argent, augmentant considérablement l'insécurité générale dans la société nyambaroise. Tel était le bilan social de Sefu Mandeba après cinq années de règne.

Tous ces facteurs endogènes avaient fait que le Nyambara couvait en son sein une bombe sociale, qui risquait d'exploser à tout moment, il ne manquait qu'une étincelle pour cela. La colère, les rancœurs, la frustration face à l'injustice et les inégalités sociales prenaient racine dans les cœurs des laissées pour compte de la société. Le climat social était tendu au Nyambara. Pourtant, Sefu Mandeba était assuré de gagner les élections présidentielles pour briguer un second mandat. Il clamait haut et fort lors de ses discours qu'il avait un bilan exceptionnel, historique même. Il affirmait qu'il était le meilleur président de tous les temps à l'échelle d'un mandat, il disait avoir surpassé tous les présidents qui l'avaient précédé sur tous les secteurs de la gouvernance.

Malgré ce discours arrogant et exagéré, qui avait pour but de montrer son assurance en sa victoire prochaine, il s'attelait en douce à mettre toutes les chances de son côté, et de façon vraiment peu conventionnelle. Les services de renseignements lui avaient clairement indiqué dans leurs rapports que la colère grondait chez une grande majorité de la population nyambaroise, ils lui avaient signifié qu'il risquait de se faire débarquer aux prochaines élections. Il était urgent pour lui de calmer cette colère avec des promesses, des dons en argent et en nature, des faveurs administratives et fiscales envers certains leaders d'opinion, artistes, etc. Il avait financé, à hauteur de plusieurs milliards, les groupes de presse qui devaient chaque jour vanter son bilan et chanter ses louanges, ainsi que celles de son gouvernement. C'était une vaste opération de manipulation de l'opinion publique.

Sefu Mandeba était un fin stratège politique. Pour détourner l'attention de la population des vraies urgences dans le pays, il injecta des milliards dans l'organisation d'événements sportifs, comme la lutte, de grands concerts avec des artistes de renommée mondiale, des événements religieux de grande envergure. Il distribua des milliards au sein de la population nyambaroise à travers des subventions aux femmes, aux jeunes, aux associations sportives et culturelles, aux associations de malades, aux retraités. Il comptait clairement acheter le vote du peuple, il comptait sur les liasses de billets pour conserver son doux fauteuil de président, qu'il n'envisageait aucunement de perdre.

Le président avait offert des primes et des indemnités à tous ceux qui devaient participer à la tenue de cette élection présidentielle. Il ne pouvait plus compter sur le soutien des oracles de Zangala, puisqu'il n'avait pas honoré sa parole de prendre part à la cérémonie rituelle de la pleine lune au bois sacré. Il se considérait comme l'homme le plus puissant sur cette terre du Nyambara, il pouvait décider de tout, il avait une armée et une administration à ses ordres. Il régnait d'une main de maitre sur le pays, il était tout-puissant.

Pendant ce temps Omiba Sanda, l'opposant radical, poursuivait son combat contre la malgouvernance et la corruption à l'Assemblée nationale du Nyambara. Il avait réussi à considérablement hausser le niveau des débats au sein de cette institution, malgré son faible temps de parole. Il s'attaquait à la majorité sans relâche, leur rappelant sans cesse leurs scandales de gestions. Il finit par se rapprocher d'autres députés de l'opposition qui avaient été convaincus par son discours et son charisme. Une dynamique était en train de s'enclencher au sein de l'hémicycle, il en était le principal précurseur. En dehors de son travail parlementaire, l'opposant radical tenait des conférences publiques dans tout le pays. Il passait des heures devant un public conquis à expliquer en détail la gestion de l'état du Nyambara par Sefu Mandeba et son gouvernement. Son objectif principal était d'éveiller les consciences des citoyens à la chose politique, pour qu'ils ne se fassent pas berner par les beaux discours de leurs gouvernants, ou bien qu'ils se fassent acheter par leurs cadeaux envenimés.

Pour rendre plus accessible son discours, et diversifier son format, Omiba Sanda sortit un livre qui était le condensé de ses dénonciations sur le régime, mais aussi un réservoir de solutions aux maux qui gangrénaient le Nyambara. Il l'intitula " Les voies du développement ". Ce livre suscita un très grand intérêt dans le pays, chez les intellectuels, les universitaires, la classe politique, les étudiants, les citoyens ordinaires. Dans son livre, l'opposant fougueux livrait un diagnostic sans complaisance des problèmes sociaux et économiques sous le régime de Sefu Mandeba. Ensuite, il y livrait des solutions adéquates et adaptées aux problèmes énumérées. Ce livre était, selon de nombreux analystes politiques, un programme politique, qu'Omiba Sanda comptait appliquer s'il était élu président de la terre d'accueil du Nyambara.

Ce programme, quand il fut expliqué à la masse populaire, reçut un accueil phénoménal, il suscitait de l'espoir, tout ce qui faisait défaut dans le pays en ces moments-là. Les étudiants du parti de Sanda organisaient des panels, des thés-débats autour des différentes thématiques du livre. Ils traduisaient les propos de leur leader dans toutes les langues locales pour qu'il fût entendu et compris de tous les nyambarois. Ils allaient à la rencontre des personnes âgées pour leur expliquer les enjeux du programme. Les enseignants n'étaient pas en reste, ils se constituaient en comité partout dans le pays et se chargeait de porter le message contenu dans le programme dans les zones le plus reculées du pays. Ils y formaient des cellules qui coordonnaient avec les instances du parti au niveau national. Dans tout le pays et dans la diaspora, les militants du jeune parti d'Omiba Sanda se cotisaient, faisaient des dons pour permettre à leur leader de dérouler ses activités politiques. Des évènements culturels et sportifs étaient organisés pour récolter des fonds.

Leur leader était intransigeant en matière de transparence dans les finances de son parti. Il voulait montrer un exemple de bonne gestion à tout le peuple nyambarois. Il voulait montrer le changement qu'il prônait dans la gestion des affaires publiques, il voulait que ce changement commence par son parti. Les comptes et les dépenses du parti étaient rendus publics régulièrement, avec tous les détails nécessaires pour une bonne compréhension. Cette démarche était inédite dans toute l'histoire politique du pays, aucun leader politique n'avait eu à rendre compte de la gestion de son parti auparavant. Des milliers de nyambarois étaient séduits par cette nouvelle manière de faire la politique d'Omiba Sanda. Ils adhéraient à son parti avec beaucoup d'espoir de voir le changement que leur leader prônait. Toute cette effervescence au sein de l'opposition promettait des joutes électorales explosives avec

Sefu Mandeba comme le favori, et Omiba Sanda comme le challenger.

Le challenger comptait bien tenir tête au favori. Il ne se souciait guère de gagner ou de perdre, son principal objectif était d'éveiller les consciences pour que tout un chacun fasse le bon choix, en privilégiant la bonne gouvernance, la transparence, le respect de la souveraineté nationale. Les jeunes aimaient beaucoup le challenger de Sefu Mandeba, ils étaient toujours les plus nombreux à ses conférences, qui devenaient de plus en plus populaires. L'élection présidentielle arrivait à grands pas, elle promettait beaucoup pour Omiba Sanda et son jeune parti. C'était la meilleure occasion pour mesurer la portée et l'impact de son discours novateur et virulent.

La période préélectorale était très tendue dans le pays. Les partisans de Sanda étaient en majorité des jeunes qui étaient très actifs sur le terrain politique. Ils organisaient quotidiennement des activités politiques, pour vulgariser le programme politique de leur parti. Ce qui n'était guère du goût des partisans de Sefu Mandeba, qui étaient payés quotidiennement pour occuper le terrain politique, et saboter les évènements politiques de son challenger. Ces rencontres entre les deux camps les plus en vue de ces élections présidentielles occasionnaient de violents affrontements entre les partisans. Les forces de l'ordre devaient intervenir chaque fois pour les séparer. Des sièges du parti d'Omiba Sanda dans certaines localités du pays furent dégradés et mis à sac. La tension était à son comble.

Sefu Mandeba était donné favori par les sondages. Il y avait un autre candidat des partis traditionnels qui était proche de lui, mais qui s'était présenté sous sa propre bannière. C'était une stratégie pour affaiblir Omiba Sanda au cas où un deuxième tour devrait se tenir. Ce dernier était le plus jeune des candidats. Il était entouré de dinosaures politiques dans cette élection présidentielle, mais il portait l'espoir de la jeunesse.

L'élection présidentielle eut lieu dans un climat de fortes tensions. Malgré de nombreux incidents, les citoyens nyambarois purent exprimer leurs choix pour le fauteuil de président du pays. Les résultats étaient attendus dans les jours suivant le scrutin, mais elles tardèrent à être rendues publiques par le comité électoral. On ressentait l'agacement et l'impatience au sein de la population. C'était la première fois que la publication des résultats d'une élection présidentielle prenait autant de temps. Les rumeurs allaient bon train dans les bureaux, les transports, les chantiers, sous l'ombre des grands fromagers du Nyambara. Les théories, certaines plus farfelues que d'autres, circulaient, contribuant à un climat de méfiance envers Sefu Mandeba et son administration.

Les premières tendances issues des urnes donnaient la première place à Sefu Mandeba, mais il était question pour de nombreux analystes politiques d'un second tour. Le Conseil des sages du Nyambara finit par statuer après quinze jours d'une attente insoutenable. Les résultats qu'ils rendirent publics donnaient une écrasante victoire au président sortant, qui était réélu pour un second mandat, au premier tour. Son allié secret venait en seconde position, tandis qu'Omiba Sanda, le novice en politique, arrivait en troisième position. Il avait réussi à glaner 17.2% des voix exprimées.

Les nyambarois étaient partagés quant à ce résultat, qui ne surprenait pas plusieurs d'entre eux. Ils avaient cependant un léger goût d'amer, surtout pour les partisans d'Omiba Sanda, ils avaient le sentiment de s'être fait voler. La majorité de voix du président réélu ne collait pas au contexte économique et social morose qui prévalait dans le pays. Ils affirmaient que les résultats avaient été faussés. Leur leader était pourtant satisfait de sa troisième place, il était jeune et ambitieux, son espoir de briguer le fauteuil présidentiel était intact. Il était reconnaissant envers ceux qui avaient choisi de voter pour lui lors de cette élection présidentielle de sorte qu'il arrive en troisième position devant des candidats traditionnels plus expérimentés et avec beaucoup de moyens en politique. Il n'avait pas l'intention de baisser les bras, il savait en son for intérieur qu'il avait encore une large marge de progression. Il décida de se consacrer encore plus à la mobilisation des troupes, à la sensibilisation de la masse critique nyambaroise, en attendant les prochaines joutes électorales.

Sefu Mandeba était heureux de garder son fauteuil de président pour cinq années de plus. Il ne pouvait imaginer perdre le pouvoir, il se projetait déjà aux prochaines élections présidentielles. Il avait étudié son challenger durant les joutes électorales, il constata son énorme progression depuis son unique siège de député à l'Assemblée nationale. Il était arrivé en troisième position de cette élection derrière son candidat masqué. Il commençait à le prendre au sérieux et à le considérer comme une menace évidente à son pouvoir. Il était conscient que, si son opposant féroce continuait sur sa lancée durant les cinq prochaines années, il avait toutes les chances d'être élu président, ce qui était inenvisageable pour lui. Il était grand temps qu'il s'occupe de son cas. Il ne devait en aucun cas continuer ses activités politiques en toute liberté dans le pays. Il était impératif qu'il le freine, il devait le mettre à l'arrêt politiquement.

Comment allait-il se débarrasser de cet opposant gênant et plein d'avenir politique ?

Chapitre 5: La naissance de la résistance

Dès sa réélection, Sefu Mandeba supprima le poste de Premier ministre dans l'attelage gouvernemental. Son désir de gouverner seul, d'être le seul maitre à bord devenait de plus en plus fort. Il était le président et le chef du gouvernement en même temps, un fait inédit depuis l'indépendance du Nyambara. Il s'isolait chaque jour un peu plus dans sa gestion du pouvoir, devenant par la même occasion de plus en plus autoritaire dans son exercice.

Des rumeurs provenant de son cercle restreint faisaient état d'un homme colérique, tendu, qui n'hésitait jamais à sanctionner sévèrement le moindre écart de ses collaborateurs. Sefu Mandeba avait une face cachée, une face hideuse, sombre, la face d'un tyran sanguinaire. Dans son village natal du Zangala, son évocation suscitait colère et amertume. Il les avait complètement délaissés à leur sort. Il n'y avait plus mis les pieds depuis des années malgré les multiples injonctions des Oracles à son encontre. Il envoyait des émissaires qui distribuaient des cadeaux dans le village, puis repartaient rapidement dans leurs grosses voitures noires.

Il avait oublié d'où il venait. Pourtant, il leur devait tout, il devait tout à ce beau village qui avait été le témoin de son premier cri durant cette sombre nuit d'orage. Ce village avait été témoin de ses jeux sous l'arbre de la place centrale, il avait été témoin de ses jeux dans les champs. Ce village l'avait vu grandir et forger son destin sur le chemin de l'école. Ce fut dans le village qu'il s'exerça pour la première fois à la gouvernance et à la gestion des mouvements associatifs. Les Oracles n'avaient jamais cessé de faire des invocations pour lui, depuis qu'il s'était jeté dans l'arène politique. Lorsqu'il avait été débarqué de son poste de président de l'assemblée nationale et renvoyé de son parti par Nala Sembé, les Oracles avaient organisé une grande séance de divination et de sacrifice pour qu'il bénéficiât du soutien des esprits dans sa quête du pouvoir. Sefu Mandeba avait oublié tout cela, il était obnubilé par le pouvoir et sa conservation.

Les Oracles, eux, ne lui en voulaient pas, ils avaient très tôt compris qu'il était contrôlé par une entité que le commun des mortels ne pouvait distinguer. Sefu Mandeba était habité par un démon avide de pouvoir et sanguinaire. Les Oracles étaient désemparés parce que ce démon le tenait éloigné de leurs puissants rituels et sacrifices qui pouvaient l'anéantir en un clin d'œil. Il ne voulait pas se séparer de Sefu Mandeba. Les devins avaient fait de nombreux sacrifices, ils avaient passé des nuits à faire des incantations pour sauver le fils de Zangala, mais le démon qui l'habitait était puissant.

En désespoir de cause, ils décidèrent de faire une cérémonie rituelle très ancienne, le Nyanga Boma, pour sauver Sefu Mandeba et la verte terre du Nyambara, du grand péril qui les guettait. Cette cérémonie devait se tenir dans le bois, lors d'une nuit sans lune, avec l'assemblée des Oracles. Elle n'avait eu lieu que dans les moments les plus sombres de l'histoire de Zangala et du Nyambara, des moments de crises politiques, de guerres, de famines, de catastrophes naturelles, comme des inondations ou des sécheresses. Il fallait au moins une cinquantaine d'années d'intervalle pour pouvoir recourir à cette cérémonie rituelle très mystérieuse. Personne, à part l'assemblée des Oracles, n'avait le droit d'y assister. Elle consistait à convoquer les esprits des ancêtres qui apparaissaient sous une forme humaine ou animale. Aucun être humain ordinaire ne pouvait être témoin de cette scène qui relevait du surnaturel.

Le Nyanga Boma eut lieu pendant une nuit noire, où l'ombre enveloppait toute la forêt aux alentours du village de Zangala. Les Oracles au complet progressaient en file indienne dans un silence absolu vers le bois sacré où devait se tenir la cérémonie. On entendait le rire glaçant des hyènes, le hululement ténébreux des hiboux, l'atmosphère en cette nuit noire était effrayante. Une fois arrivés au milieu du bois sacré, les Oracles se mirent en cercle autour d'un petit monticule de terre où était déjà amassé comme par miracle du bois pour faire le feu. Un des oracles se mit à faire des incantations tout en désignant du doigt le tas de bois, qui prit feu instantanément. Le Nyanga Boma pouvait commencer.

Tous les Oracles de Zangala s'assirent en tailleur autour du feu qui crépitait désormais au milieu du cercle, faisant danser des ombres tout autour d'eux. Ils commencèrent des incantations en chœur, de manière soutenue, comme s'ils faisaient appel à quelque chose ou quelqu'un. Ils avaient auparavant déposé dans le cercle des offrandes composées de fruits, de coqs, et de boissons sacrées. C'était pour s'attirer les faveurs des esprits et les mettre dans de bonnes dispositions pour communiquer avec eux.

Au fil des incantations, les voix des devins devenaient de plus en plus mystérieuses, elles avaient perdu toute consonance humaine. Tout à coup, une lumière venue tout droit de la cime des arbres de la forêt se mit à danser autour d'eux. Les Oracles continuèrent leurs incantations, ils étaient en transe. La lumière vint se placer devant chaque oracle en dansant, en tourbillonnant. Après avoir fait le tour de l'assemblée, la boule de lumière magique se plaça au centre du cercle. Elle commença à se dilater, à grossir, à prendre des formes. Elle finit par exploser pour laisser place à un tourbillon de fumée blanche. Après quelques secondes, la fumée blanche commença à se dissiper pour laisser apparaitre une forme humaine. C'était l'esprit d'un ancêtre qui s'était réincarné et avait décidé de répondre aux incantations des Oracles. Il était toujours entouré d'un mince voile de fumée qui faisait qu'on ne pouvait distinguer nettement ses caractéristiques physiques.

Les Oracles arrêtèrent les incantations après l'apparition de l'esprit sous une vague forme humaine. Il allait s'exprimer et leur adresser son message en réponse aux nombreuses interrogations des Oracles sur Sefu Mandeba et l'avenir de Nyambara. Le chef des Oracles le salua sur un ton solennel et empreint de respect, il le remercia de leur faire don de sa présence à l'occasion du Nyanga Boma. Il supplia l'esprit de leur faire partager sa science profonde et étendue sur le passé et le futur. Ils voulaient savoir comment débarrasser Sefu Mandeba, le fils de Zangala de son démon avide de pouvoir et sanguinaire, pour sauver la terre du Nyambara du péril qui le menaçait.

L'esprit dit d'une voix gutturale que des jours sombres arrivaient sur la terre du Nyambara. Il affirma avec force et véhémence que le sang coulerait, de même que les larmes. Il dit que l'enfant prodige deviendrait l'enfant maudit, le bienfaiteur deviendrait le tyran. L'esprit ordonna aux Oracles de faire des sacrifices et des incantations en faveur d'un homme qui n'était pas originaire du village, mais qui avait la chevaleresque mission de sauver le Nyambara de la guerre civile. D'après lui cet homme allait faire face au dirigeant injuste, malgré les épreuves auxquelles il devrait faire face. Il était béni des ancêtres, qui le protégeaient, ils allaient en faire un leader incontesté de la résistance contre le tyran. L'esprit prédit la chute du tyran face à la détermination et le courage de cet homme. Sur ces dernières paroles, la forme humaine disparut subrepticement sous une colonne de fumée. Une lumière en forme de boule en sortit, elle tourbillonnait, elle dansait autour du feu, ensuite elle se dirigea vers la cime des arbres où elle disparut en un clin d'œil. La cérémonie du Nyanga Boma était terminée.

Les ancêtres avaient parlé, ils avaient prédit un avenir sombre et sanglant pour le Nyambara. Ils avaient parlé d'un tyran et d'un chevalier servant qui étaient en passe de s'affronter dans un combat épique. Une lueur d'espoir apparaissait dans leurs dires avec cet homme courageux dont avait parlé l'esprit réincarné. Mais qui était cet homme qu'ils devaient bénir et protéger pour qu'il sauve le Nyambara ? Les Oracles allaient devoir tout faire pour identifier cet homme hors du commun qui bénéficiait de la protection des ancêtres.

Sefu Mandeba avait quant à lui Omiba Sanda dans son viseur. Il cherchait depuis sa réélection un moyen de s'en débarrasser une bonne fois pour toutes. Omiba Sanda devenait chaque jour un peu plus populaire. Ses discours faisaient la une des journaux, des radios et des télévisions. Il continuait à divulguer les secrets sous-jacents aux contrats et marchés publics sous la gouvernance de Sefu Mandeba. De gros scandales de gestions éclatèrent grâce à ses enquêtes poussées sur la gestion du pays. Le dernier en date concernait un membre de la famille du président, plus précisément son petit frère, qui avait été indexé dans une affaire de corruption sur un contrat de ressources minières. Le scandale avait secoué les plus hautes sphères de l'État. Des accusations sérieuses étaient portées sur de nombreux membres du gouvernement qui avaient reçu des dessous de table pour signer le contrat qui était très défavorable aux intérêts du Nyambara. Il était prévu que seuls 10% des revenus générés par l'exploitation de cette ressource reviennent au Nyambara, ce qui était un scandale.

Malgré sa récente victoire au premier tour à l'élection présidentielle, la cote de popularité du président était en chute libre. Il était impopulaire dans les faubourgs de Soroké la capitale du Nyambara, mais aussi dans toutes les grandes villes du pays, où les gens étaient informés en temps réel sur les scandales qui ponctuaient sa gestion du pays. La colère grondait également dans la classe ouvrière maltraitée et exploitée par les entreprises étrangères qui détenaient en majorité l'économie du pays. Ils n'arrivaient plus à joindre les deux bouts malgré le fait qu'ils soient salariés. Les travailleurs indépendants étaient les plus secoués par la crise économique que traversait le pays, ils vivaient au jour le jour, sans aucune garantie de manger à leur faim, de se soigner, ou de scolariser leurs enfants. Le contexte socio-économique du Nyambara était explosif.

Le discours révolutionnaire d'Omiba Sanda suscitait beaucoup d'espoir auprès de ces populations en proie aux affres de la pauvreté, de l'exclusion sociale. Ses conférences politiques, très surveillées par les services de renseignements de Sefu Mandeba, rassemblaient des milliers de nyambarois, jeunes et vieux, hommes et femmes. Les jeunes étaient toujours aux premiers rangs, la classe ouvrière était également bien représentée, de même que la classe moyenne du Nyambara. Ils voulaient de meilleurs salaires, de meilleures conditions de vie, de meilleures conditions de travail, l'accès universel à la santé, ils voulaient une réduction des prix des denrées de première nécessité pour manger à leur faim sans s'appauvrir. Seules une bonne gestion des ressources du pays, une bonne gouvernance et l'éradication de la corruption pouvaient apporter satisfaction à toutes leurs attentes.

Les nyambarois avaient foi en lui, c'était leur sauveur, ils espéraient qu'il deviendrait celui qui mettrait leur pays sur les rails du développement véritable.

Sefu Mandeba était désormais informé de tous les faits et gestes de son virulent opposant. Il le faisait suivre par ses services de renseignements continuellement. Il cherchait un moyen de le faire tomber, un moyen de le détruire. Il ne pouvait supporter que son opposant soit le plus en vue des hommes politiques du pays, qu'il draine des foules immenses à chaque manifestation, le démon qui vivait en lui chuchotait des choses immondes dans ses oreilles. Il était en train de se rendre compte que les prédictions des oracles de Zangala étaient véridiques, qu'elles se réalisaient. Cet homme dont il lui avait parlé des années auparavant c'était Omiba Sanda, il en était désormais convaincu. Son parcours politique remarquable, son charisme et sa fulgurante montée en puissance sur la scène politique nationale étaient manifestes. Il avait fait la terrible erreur de le sous-estimer après qu'il ait brigué qu'un seul siège à l'Assemblée nationale.

Sefu Mandeba était désormais sûr et certain qu'Omiba Sanda représentait un danger immense pour son pouvoir. Il était urgent pour lui de trouver une faille à exploiter dans la vie de son opposant pour l'éliminer politiquement. Il convoqua une réunion secrète avec ses généraux, son chef du renseignement, ses hommes de confiance pour comploter contre lui. Il voulait qu'ils trouvent une faille dans les rapports des services secrets qui suivaient Omiba Sanda depuis des mois. Il y avait forcément quelque chose qu'ils pouvaient exploiter pour le piéger. Ordre leur fut donné d'éplucher tous les rapports dans les moindres détails.

Lors d'une seconde entrevue avec son conseil de guerre contre son opposant, le président eut vent de multiples déplacements de ce dernier dans une salle de soin pour adultes. Ce salon pratiquait des soins traditionnels pour soulager les douleurs de dos, les douleurs musculaires, les arthrites, le rhumatisme, entre autres. Il était fréquenté par la crème des personnalités sportives, artistiques, politiques, qui profitaient des équipements modernes et du savoir-faire des soignantes. Les soins consistaient en des massages thérapeutiques qui avaient pour but de réparer les lésions et traumatismes musculaires, il y avait également des bains aux plantes médicinales qui soulageaient les douleurs de dos. La salle de soins était tenue par un jeune couple discret de la ville de Soroké, ils étaient gentils, aimables, et s'occupaient bien de leur clientèle huppée.

Omiba Sanda s'y rendait toutes les semaines en soirée, pour effectuer des séances de massages thérapeutiques. Il était sujet à de terribles maux de dos depuis des années, mais il avait commencé les massages sur la recommandation d'un ami, qui avait également eu recours à ce type de soin. Il avait essayé de soigner ces maux de dos avec la médecine moderne, il avait vu de nombreux spécialistes et ingéré des dizaines de pilules, mais la douleur restait intacte. Depuis qu'il avait commencé à fréquenter la salle de soins, la douleur s'estompait petit à petit. Il devait effectuer au moins une séance de massage dans la semaine pour maintenir le progrès.

Ce qu'il ignorait, c'était qu'il était suivi lors de ses déplacements dans la soirée à cette salle de soins, par une équipe des services de renseignements. Cela durait depuis des mois. Ils avaient étudié en détail ce trajet hebdomadaire de l'opposant le plus en vue du Nyambara. Ils avaient créé des fiches de renseignement sur tout le personnel de la salle de soins. Tout était consigné dans un rapport destiné à Sefu Mandeba. Après avoir étudié ce rapport, Sefu Mandeba avait longuement souri, il était aux anges. Le démon en lui murmurait à son oreille, il lui donnait des idées de plans diaboliques pour anéantir son adversaire politique. Ce trajet hebdomadaire était une percée inespérée dans la vie privée de son opposant, qui était blanc comme neige en termes professionnels. Tous ses déplacements étaient en rapport avec son travail ou sa famille, sauf celui-là, il fallait l'exploiter. Comment ? C'était la question qui taraudait Sefu Mandeba, le tyran.

Après avoir étudié les fiches de renseignements sur le personnel de cette salle de soins, il se rendit compte qu'il n'y avait que de jeunes femmes. De jolies femmes pratiquaient les massages thérapeutiques et supervisaient les bains aux herbes médicinales. En fin stratège politique, le président décida d'exploiter la vie privée de son opposant pour le détruire. C'était tout ce qu'il tenait de concret après les mois de filature de son opposant, ce dernier se rendait dans la nuit dans une salle de soins tenue par de jeunes et jolies filles, pour effectuer des massages. Il devait concocter un plan diabolique pour piéger son adversaire.

Le président mit en place un comité secret chargé de gérer le dossier de l'opposant. Ils allaient réfléchir, se concerter, approfondir leurs recherches, pour élaborer une stratégie infaillible pour mêler leur cible à un scandale. Ils voulaient le salir, le faire détester de tout le peuple nyambarois. Ils voulaient qu'on le considère comme un criminel de la pire espèce. Ils voulaient montrer à ses partisans que leur idole cachait un visage hideux, ainsi ils allaient lui tourner le dos. Sefu Mandeba en avait fait une affaire personnelle, il voulait montrer à ce jeune opposant prétentieux qu'il était maître de tout dans le Nyambara. Il voulait le faire regretter amèrement de s'être opposé à lui avec tant de hargne, il était temps qu'il lui rende la monnaie de sa pièce.

Le comité responsable du dossier d'Omiba Sanda s'accorda sur un plan, ils avaient besoin de la complicité d'une des filles qui officiaient dans la salle de soins pour le mener à bien. Ils parvinrent sans grande difficulté à prendre contact avec une des filles qu'ils avaient ciblées, Lina Kambara. C'était une fille d'origine modeste, très belle, qui n'avait pas réussi dans les études, elle n'était pas connue pour être brillante. Cette fille s'occupait la plupart du temps de l'opposant à leur patron, elle avait des mains habiles pour le massage thérapeutique. C'était la complice idéale pour exécuter leur plan diabolique.

Les hommes de main de Sefu Mandeba lui promirent monts et merveilles, pour qu'elle les aide à faire tomber Omiba Sanda. Ils lui promirent beaucoup d'argent, des maisons, des voitures et un passeport diplomatique pour pouvoir voyager à travers le monde à sa guise. Elle devait jouer le rôle principal dans une mise en scène diabolique, visant à impliquer l'opposant dans un scandale de mœurs. Lina Kambara avait de grands rêves, elle voulait vivre la belle vie, sans être obligée de travailler du matin au soir. Elle voyait sa participation à ce complot de haut vol, comme un moyen de changer de vie en un temps record, comme le lui avaient promis les hommes de main de Sefu Mandeba. Elle avait une revanche à prendre sur la vie, s'il fallait qu'elle éclabousse un homme politique de mensonges, elle allait le faire sans aucun scrupule. Après son recrutement par Sefu Mandeba comme complice de ses manœuvres diaboliques, elle devait jouer le jeu, faire semblant d'être la même qu'auparavant, tout en fomentant son coup contre Omiba Sanda. Elle devait attendre le feu vert de ses commanditaires pour passer à l'action.

La patronne de Lina Kambara était loin de se douter de ce qui se tramait dans sa salle de soins, à cause de son employée cupide. Elle était devenue la marionnette des hommes de mains du président, qui l'utilisaient pour détruire un opposant politique. Lina Kambara changea d'attitude envers Omiba Sanda quand il était présent dans la salle de soins. Elle voulait dorénavant être la seule masseuse du salon à s'occuper de lui, elle faisait tout pour être présente quand ce dernier venait se faire masser. Elle était devenue plus provocatrice, plus aguicheuse dans son comportement, dans ses gestes. Elle inventait des excuses pour le diriger vers des salles isolées pour effectuer son massage, donnant une impression d'intimité entre elle et son patient.

Omiba Sanda ne se doutait de rien, au contraire, il était amusé par cette jeune fille audacieuse qui essayait de le séduire. Il ne donnait jamais suite à ses avances ouvertes et osées. Il était marié et père de famille. Il n'aurait jamais accepté de se laisser séduire par la jeune fille, dont le charme était irrésistible. Il continua de venir à ses séances hebdomadaires de massage thérapeutique en toute innocence, pendant que l'étau se resserrait lentement autour de lui. Lina Kambara était à deux doigts de passer à l'action, elle n'attendait que le feu vert de ses commanditaires. Les hommes de main de Sefu Mandeba étaient au fait de tout ce qui se passait dans la salle de soin par l'intermédiaire de leur espionne. Les discussions d'Omiba Sanda avec elle étaient enregistrées, elle installait à chaque séance avec lui une caméra discrète qui filmait la séance, ils attendaient juste un coup de pouce du destin en faveur de leur complot.

L'opposant ne leur donna aucunement l'occasion de le salir, il resta correct avec la jeune fille, il n'était guère intéressé par une aventure, tout ce qui l'intéressait c'était sa séance de massage thérapeutique pour soulager ses douleurs de dos. Les comploteurs furent obligés de scruter ses discussions avec la jeune masseuse pour essayer de trouver quelque chose pour le salir, ils voulaient obtenir des secrets concernant sa vie privée. Là encore, ils échouèrent lamentablement à trouver une amorce pour exécuter leur plan diabolique. Ils n'avaient plus beaucoup de temps pour tourner autour du pot, le président s'impatientait dans son palais, il voulait des résultats concrets. Il n'était plus question de laisser cet opposant gênant menacer son pouvoir.

À Zangala, les oracles étaient très agités, ils ressentaient avec force les ondes du mal qui s'apprêtaient à s'abattre sur la terre paisible et accueillante du Nyambara. Ils étaient les gardiens de cette paix, alors leur devoir était de protéger celui qui sauverait le pays. Toutes les nuits ils faisaient des incantations au sanctuaire des esprits jusqu'à l'aube. Ils sacrifiaient chaque jour un animal, son sang était versé sur la terre du sanctuaire, sa chair était distribuée sous forme d'offrande dans le village. Ils versaient également sur terre du lait de vache chaud, ou bien encore du vin de palme frais, tout ce que les esprits adoraient, ces offrandes ayant le don de les calmer et de les faire intercéder en la faveur des oracles. Les esprits étaient en colère contre Sefu Mandeba, il leur avait tourné le dos, il avait tourné le dos à Zangala, il se croyait tout puissant dans son palais doré de Soroké. Les ancêtres étaient au fait de toutes ses manigances avec un démon de la pire espèce, ils voyaient le sang qui allait en découler, de même que les larmes. Le démon qui menait le président à la baguette avait soif de ce sang et de ces larmes, il s'en nourrissait, il s'en délectait, il ferait tout pour semer le chaos dans le pays.

Les hommes de main de Sefu Mandeba étaient quant à eux en pleine besogne. Ils étaient prêts à passer à l'action. Lina Kambara, la jeune masseuse de la salle de soins n'avait pas réussi à piéger Omiba Sanda dans une discussion, ou avec une vidéo, il semblait protégé par quelque chose qu'ils ne voyaient pas. Tout autre homme serait tombé dans le piège posé par la jeune et séduisante masseuse. L'opposant n'avait jamais prêté le flanc, il se comportait de manière correcte, il parlait aussi correctement, ne livrant aucun détail sur sa vie qui pouvait le compromettre malgré la relative intimité que s'efforçait de créer Lina Kambara. Les comploteurs n'avaient plus le temps d'attendre qu'il tombe dans leur piège, ils devaient inventer de toutes pièces une sordide et répugnante histoire pour accuser l'opposant de viol, de menaces de mort et de violence sur la jeune masseuse. Ils avaient le pouvoir à leurs côtés, Omiba Sanda n'avait aucune chance de leur échapper, ils feraient en sorte que cela soit une procédure à charge contre lui. La machine de guerre de Sefu Mandeba pouvait être lancée.

Ainsi, un beau matin, Lina Kambara alla déposer une plainte à la redoutable direction des affaires criminelles, contre Omiba Sanda pour les motifs de viols, menaces de mort et violences physiques à son endroit. Les médias à la solde du président relayèrent l'information avec force et gravité. Tous les journaux télévisés, les bulletins d'information des radios en parlaient, des envoyés spéciaux étaient envoyés partout pour couvrir l'affaire. Cette nouvelle provoqua un séisme dans tout le Nyambara, les populations étaient abasourdies. Les discussions allaient bon train dans toutes les villes, les villages, dans les lieux publics, dans les cours des maisons. Les partisans d'Omiba Sanda étaient les plus touchés par cette affaire de mœurs, ils l'avaient vécu comme un coup de couteau au cœur. Ils avaient de la difficulté à accepter cette histoire incroyable de viol dans un centre de soins thérapeutiques. Cela n'avait aucun sens à leur avis, ils connaissaient bien leur leader, ce n'était ni un coureur de jupons ni un homme vicieux. Ils soupçonnaient Sefu Mandeba d'avoir monté cette histoire de toutes pièces pour se débarrasser de lui, il avait déjà usé de ces méthodes viles et basses pour se débarrasser de ses opposants.

Omiba Sanda avait appris la nouvelle comme les nyambarois à travers la presse. Il était à son bureau lorsqu'il entendit les terribles accusations que portait Lina Kambara à son encontre. Il ne montra aucune vive émotion. Il était calme, détendu, parce que cette nouvelle ne le surprenait pas trop, il s'y attendait depuis longtemps. Il ne s'attendait juste pas à ce que l'attaque vienne de celle qui lui faisait des massages thérapeutiques, mais il savait que Sefu Mandeba complotait contre lui. Les accusations portées à son endroit étaient d'une bassesse absolue. Il recommanda le calme et la retenue à sa famille et à ses partisans en attendant la suite de cette sordide affaire. Il prit contact avec ses avocats dans la perspective d'une rude bataille judiciaire. Il fallait d'ores et déjà qu'il prépare sa défense pour prouver son innocence. Il était conscient qu'il aurait tout l'appareil judiciaire du Nyambara contre lui, il devait faire éclater la vérité aux yeux de tout le peuple.

L'opposant le plus en vue du Nyambara savait bel et bien que toute cette sale affaire était un complot politique, qui visait à le faire disparaitre de la scène politique pour une longue durée. Il était maintenant conscient que la jeune masseuse avec ses airs aguicheurs était le bras armé de Sefu Mandeba. Il devait prouver à toute la population nyambaroise qu'il était victime d'une machination politique digne du diable. Il leur devait bien cela face à de telles accusations. Pendant longtemps, il avait préparé sa famille, son entourage, ses partisans, pour ce jour fatidique. C'était la raison pour laquelle même ses partisans n'étaient pas surpris qu'un scandale l'éclaboussât dans la presse nationale. Ils avaient la ferme intention de faire bloc autour de leur bien aimé leader pour le protéger et le soutirer des griffes de Sefu Mandeba. Ils ne comptaient pas se laisser faire comme le fils de Nala Sembé ou bien Kairo Baloma, les anciennes victimes du président tyran. Ils avaient la ferme intention de se battre avec le système mafieux et corrompu qui caractérisait ce régime, jusqu'à ce que la vérité éclate.

La procédure judiciaire démarra en fanfare. Le scandale sexuel d'Omiba Sanda faisait les choux gras de la presse. Les supposés faits criminels relatés par Lina Kambara faisaient la une des journaux, des radios et des télévisions tous les jours. L'opinion nyambaroise était partagée concernant cette affaire. Il y avait d'une part ceux qui soutenaient la thèse du complot politique fomenté par le président allergique aux opposants. Il y avait de l'autre côté ceux qui voyaient en Omiba Sanda un coupable idéal pour les faits qui lui étaient reprochés, ils avançaient la thèse d'une personnalité cachée chez lui, une face sombre qui le faisait agir comme un criminel. Les débats dans les places publiques étaient houleux, les plus passionnés en arrivaient souvent aux mains pour remporter l'argumentaire.

Les enquêtes policières devaient durer un mois. C'était le temps nécessaire pour entendre les témoins, pour collecter les preuves et pousser les investigations criminelles. Pendant ce temps, le climat social se tendait de plus en plus dans le pays. La mafia de Sefu Mandeba diffusait de fausses informations partout dans le pays, colportant des rumeurs sur la vie privée d'Omiba Sanda, certaines plus invraisemblables que d'autres. C'était une stratégie bien étudiée pour le salir, pour que la population nyambaroise ait une mauvaise opinion de lui.

Lorsque l'enquête préliminaire de la police fut bouclée, le dossier du jeune opposant fut transmis au juge qui devait l'instruire. La machine infernale de la justice aux ordres de Sefu Mandeba était lancée. Le juge mit en cause Omiba Sanda, puis le convoqua au tribunal de grande instance de Soroké pour un premier face à face. Entretemps, ses partisans s'étaient organisés pour résister à ce qu'ils qualifiaient de "tentative de liquidation politique" de leur leader. Il était hors de question pour eux de l'abandonner à son sort face à une justice aux ordres. Les jeunes constituaient le cœur de la résistance farouche au pouvoir de Sefu Mandeba. Ils commencèrent à squatter les abords de la maison de leur leader chaque jour en prévision d'un mandat d'arrêt que le juge d'instruction pouvait lui décerner.

Le jour du procès arriva. Omiba Sanda devait répondre à la convocation du juge d'instruction responsable de son dossier. Ce jour-là, il y avait un groupe de partisans devant sa maison pour l'accompagner sur tout le trajet. Ils voulaient escorter sa voiture dans les rues de Soroké pour lui témoigner leur soutien indéfectible dans ces moments durs, ils voulaient lui montrer qu'il n'était pas seul dans cette épreuve. Le cortège de voitures du mis en cause s'ébranla lentement dans les rues, pour se diriger vers le tribunal de grande instance de Soroké. Ses jeunes partisans, au départ une centaine, scandaient son nom, en courant autour de la voiture.

Au fil du trajet, le groupe de jeunes qui escortaient le cortège d'Omiba Sanda devenait une foule. À chaque rue, des dizaines de jeunes venaient s'ajouter au cortège, scandant à tue-tête le nom de leur leader. La voiture de ce dernier dut ralentir pour laisser place à la foule qui l'entourait de tous les côtés. À un moment donné, il sortit par le toit de la voiture, saluant la foule qui l'accompagnait. À sa vue les jeunes criaient, sautaient et manifestaient joyeusement leur détermination à aller jusqu'au bout de leur combat avec leur leader pour faire éclater la vérité dans cette affaire. Omiba Sanda les assura de sa gratitude pour leur soutien inconditionnel. Il était heureux, cela se voyait à son large sourire, alors qu'il était juché sur le toit de sa voiture. Ainsi l'opposant le plus célèbre du Nyambara s'offrait un bain de foule sur le chemin de son procès, c'était un fait inédit.

Les forces de l'ordre du Nyambara, qui suivaient de près ce cortège insolite et improvisé, décidèrent d'intervenir pour disperser la foule qui grandissait de plus en plus vite. Ils étaient dorénavant des milliers à courir autour de la voiture de leur leader et à scander son nom. Ils commencèrent à jeter des grenades lacrymogènes sur la foule. La foule se dispersa rapidement à cause du bruit assourdissant et de l'âcre fumée. Les plus courageux s'armèrent de pierres ramassées au bord de la route pour riposter face aux policiers. Le combat s'engagea.

Les forces de l'ordre à force de manœuvres, parvinrent à isoler la voiture d'Omiba Sanda de son cortège de voitures, il était désormais seul avec sa garde rapprochée, entouré de blindés de la police. Ils le firent descendre du toit de sa voiture d'où il saluait ses partisans. Une fois qu'il mit le pied à terre, ils l'arrêtèrent pour le faire entrer dans un de leurs véhicules blindés. Toute cette scène s'était déroulée tellement vite sous la fumée des grenades lacrymogènes, que les manifestants n'avaient pas eu le temps de réagir. Un cortège de véhicules blindés escorta celui où se trouvait l'opposant de Sefu Mandeba, puis ils démarrèrent en toute allure, formant un convoi impossible à arrêter par ses partisans. Ces derniers continuaient de jeter des pierres aux policiers qui leur renvoyaient des grenades lacrymogènes. Quand ils se rendirent compte de la manœuvre qu'avaient effectuée les forces de l'ordre pour extirper leur leader de son convoi, ils explosèrent de colère.

La rage se lisait sur leurs visages, ils décidèrent de faire front pour libérer celui qui était devenu, selon eux, un otage de la justice et de la police aux ordres de Sefu Mandeba.

Le combat entre Sefu Mandeba et son opposant le plus farouche était engagé. Ils étaient désormais engagés sur une voie qui ne pouvait mener qu'au chaos et à la désolation.

Qui allait sortir vainqueur de ces violents affrontements qui s'annonçaient au Nyambara ?

Omiba Sanda, l'opposant courageux et ambitieux ?

Sefu Mandeba, le président tyrannique allergique à l'adversité ?

Le peuple, qui devait choisir un camp entre ces deux extrêmes qui divisaient le pays ?

Chapitre 6: Les épreuves de la résistance

Sefu Mandeba, avait très mal digéré le fait que son farouche opposant, Omiba Sanda, se fasse accompagner par une foule de jeunes survoltés dans les rues de Soroké. Il avait directement transmis des ordres au chef de la police pour qu'il soit immédiatement arrêté et que son convoi de militants et sympathisants soit dispersé. Il avait vu en cette manifestation une démonstration de force de la part de son opposant, il avait perçu cet immense soutien populaire à Omiba Sanda comme une menace à son pouvoir.

Le président du Nyambara ne dormait plus que d'un œil depuis que le scandale de la jeune masseuse avait éclaté. Il était sujet à de terribles cauchemars qui le faisaient hurler en pleine nuit. Il se réveillait en sueur malgré l'air conditionné du Palais de Soroké, il était terrifié et son cœur battait la chamade. Ses visions dans ses songes étaient sombres, étranges, remplies de créatures démoniaques. Il se voyait souvent au beau milieu des flammes, en train de se consumer alors qu'il était encore conscient, la douleur qu'il ressentait dans ce rêve semblait réelle. Parfois, il se voyait dans une forêt noire où coulaient des rivières de sang, la pluie qui y tombait était également du sang. Cette forêt était habitée par des créatures diaboliques aux yeux rougeoyants qui se nourrissaient de sang.

Ces cauchemars hantaient le sommeil de Sefu Mandeba. Il avait tout fait pour s'en débarrasser, mais ils revenaient toujours. Il n'était pas dupe, il savait bel et bien que ces rêves sombres représentaient un mauvais présage. Il en ignorait la signification exacte, mais il avait un mauvais pressentiment. Le démon en lui faisait tout pour le rassurer, il ne voulait surtout pas qu'il revienne à la raison. Il voulait qu'il persiste dans sa tyrannie, ce qui arrangeait son immense soif de sang. C'était la terre de ce démon que Sefu Mandeba voyait toutes les nuits, une terre de larmes et de sang. Ces créatures étranges étaient des démons de la famille de celui qui vivait en lui. Ils voulaient semer le chaos dans le Nyambara. Ils allaient tout faire pour qu'un conflit politique éclate dans le pays après l'arrestation de l'opposant Omiba Sanda.

Dans la suite des évènements qui ont conduit à son arrestation, la ville de Soroké était en proie à d'intenses affrontements. Les forces de l'ordre qui avaient embarqué Omiba Sanda, l'avaient conduit manu militari au tribunal de grande instance de Soroké. Ses partisans avaient été dispersés lorsque son convoi était encerclé par les blindés de la police. La nouvelle de son arrestation se répandit comme une trainée de poudre dans toute la ville, après que les blindés réussirent à briser son convoi. Sa garde rapprochée et ses lieutenants étaient restés scotchés sur place tellement l'intervention de la police avait été rapide. La foule qui suivait le convoi, et qui s'était retranchée en petits groupes dans les rues adjacentes, se reforma en un clin d'œil. C'était dorénavant une foule en colère, qui exigeait la libération de son leader, qu'ils disaient " kidnappé " par la police.

Les partisans d'Omiba Sanda étaient désormais hors de contrôle. Ils s'étaient dispersés en groupe dans différents quartiers de la ville. Ils brûlaient des pneus au milieu de la route où ils formaient des barricades avec tout ce qui leur passait sous la main, des tables, des chaises, des meubles. Ils scandaient à tue-tête " Libérez Sanda, libérez Sanda ". La police était débordée, les différentes patrouilles devaient gérer plusieurs fronts en même temps. Les manifestants étaient armés de pierres, qu'ils balançaient aux forces de l'ordre sans discontinuer. Ces derniers ripostaient avec des grenades lacrymogènes qui remplissait l'air d'une fumée blanche accompagnée d'une odeur âcre qui irritait la gorge et empêchait la respiration. Les policiers cherchaient à libérer la route des barricades, tout en dispersant les manifestants. Ces derniers étaient toujours en mouvement, ils trouvaient toujours une nouvelle route à barrer, de nouveaux pneus à brûler.

Des groupes de manifestants décidèrent à l'unisson de se diriger vers le centre de la ville de Soroké où se situait le tribunal de grande instance. Ils devaient se faufiler dans les ruelles en évitant les nombreux barrages de police pour y accéder. Au fil de leur progression vers leur objectif, les différents groupes de manifestants se renforçaient en nombre et en détermination. Les forces de l'ordre du Nyambara étaient également sur les nerfs, ils avaient revêtu leur tenue antiémeute qui ne laissait apparaitre aucune partie de leur corps. Ils tenaient nerveusement leur lance-grenade, scrutant les moindres mouvements aux alentours de leurs positions. Ils étaient prêts à engager le combat contre les manifestants.

Les journalistes de terrain n'étaient pas en reste, ils couvraient les évènements de ce jour fatidique en direct sur les radios et les télévisions. Ils décrivaient la situation dans les rues de Soroké avec force détails et inventivités, tout en prenant des images des manifestations. Ils voulaient tenir en haleine la population nyambaroise qui, pour la plupart s'était terrée dans leurs demeures quand les affrontements ont commencé. Quand ils venaient trop près des policiers, ces derniers les chassaient avec de grands gestes d'énervement. La situation se tendait de plus en plus dans la ville de Soroké, tandis que la journée avançait.

La foule de manifestants était déchainée, elle était dans une colère noire contre le président Sefu Mandeba, qu'ils tenaient pour responsable de la situation chaotique qui régnait dans la ville. Ils étaient prêts à user de tous les moyens possibles pour exprimer cette colère contre leur dirigeant tyrannique, ils ne voulaient guère le laisser manœuvrer à sa guise dans le but d'éliminer un opposant politique. Ils détruisaient tout sur leur passage, ils pillèrent de nombreux magasins qui appartenaient à des multinationales étrangères. Des tonnes de produits alimentaires, de grosses sommes d'argent, des équipements furent emportés avec la furie des manifestants. Des stations-service furent pillées, vandalisées, leurs coffres-forts emportés. Il régnait un parfum de chaos à Soroké, des colonnes de fumées noires s'élevaient dans le ciel, l'air était irrespirable.

D'autres groupes de manifestants faisaient face aux forces de l'ordre avec des jets de pierres nourris, ils renvoyaient même de temps en temps les grenades lacrymogènes qui leur étaient envoyées par ces derniers. Les affrontements faisaient rage dans toute la ville désormais. Les policiers, lorsqu'ils se sentaient acculés par les manifestants, faisaient usage de tirs à balles réelles avec des armes de poings ou des fusils semi-automatiques. La situation était complètement hors de contrôle dans la ville. Les rues étaient désertes, les magasins avaient baissé leurs rideaux, et on entendait des explosions toutes les minutes.

Omiba Sanda avait été emmené au tribunal sous bonne escorte policière. Il était désormais enfermé dans la cave de cet antre de la justice nyambaroise. Il lui fut notifié qu'en plus des faits pour lesquels il était convoqué par le juge, il était également poursuivi pour trouble à l'ordre public et participation à une manifestation interdite. C'était dans le cadre de l'exécution de ces poursuites qu'il avait été arrêté en plein convoi et ramené vers le tribunal. L'avenir semblait bien sombre pour lui dès lors qu'il serait probablement tenu pour responsable de tout le chaos qui régnait dans la ville après la dispersion de son convoi et son arrestation.

L'opposant, désormais sous le joug de la justice impitoyable de Sefu Mandeba, avait gardé le silence depuis que les forces de l'ordre l'avaient extirpé de son convoi vers le tribunal. Il n'avait pas adressé le moindre mot à ceux qui l'avaient arrêté et escorté durant ce trajet sous haute tension, il avait été stoïque. Lorsqu'ils arrivèrent au tribunal, quelques militants et sympathisants dispersés criaient son nom à haute voix, il arborait alors un sourire confiant pour leur signifier qu'il n'avait pas peur, qu'il était bien préparé à surmonter toutes ces épreuves qui étaient en passe de s'abattre sur lui. C'était son destin, il l'avait compris. Il devait faire des sacrifices pour pouvoir arriver à ses fins et retirer le pouvoir des mains du président tyrannique. Sa mission était de rétablir la démocratie et l'état de droit au Nyambara, de lutter contre la corruption et de mettre fin à la mauvaise gestion caractéristique du pouvoir de Sefu Mandeba, de son gouvernement et d'une grande partie de son administration.

Omiba Sanda était prêt à sacrifier sa vie pour mener à bout son combat. Ses partisans étaient également prêts à sacrifier leurs vies pour que leur leader accomplisse sa mission dans les meilleures conditions. Ils ne pouvaient accepter que Sefu Mandeba détruise la terre accueillante et paisible du Nyambara. Ils devaient faire sonner l'heure de la révolte. Le temps où les adversaires étaient éliminés par la justice appartenait désormais au passé, selon eux. Omiba Sanda refusait d'accepter ce que le fils de Nala Sembé ou Kairo Baloma, l'ancien maire de Soroké, avait consenti. L'affaire judiciaire qui l'avait fait convoquer et arrêter était une mascarade juridique visant à l'empêcher de s'engager dans ses activités politiques et, à terme, de se présenter à l'élection présidentielle à venir.

La ville de Soroké était devenue entretemps le théâtre de véritables scènes de guérilla urbaine. La capitale du Nyambara suffoquait sous un nuage de fumée de grenades lacrymogènes et de pneus brûlés un peu partout dans la ville. La colère des manifestants était exacerbée par les frustrations nées d'une crise économique et sociale profonde. On ne parvenait plus à distinguer dans la foule les partisans d'Omiba Sanda des citoyens en colère contre les dures conditions de vie dans les faubourgs et quartiers difficiles du pays. Des télévisions privées qui diffusaient les heurts violents qui avaient lieu dans les rues de la capitale s'étaient vues privées de signal par la commission de régulation des médias du Nyambara, c'était un ordre de Sefu Mandeba en réalité.

Le président et son gouvernement voulaient tout mettre en œuvre pour contenir les manifestations et disperser les nombreux groupes de jeunes armés de pierres éparpillés dans la ville. Ils estimaient que la diffusion d'images de ces heurts aggravait la situation, donnant envie à beaucoup d'autres personnes d'y participer. C'était la justification qu'ils avaient donnée lors de la conférence de presse. Sefu Mandeba ordonna également à son ministre de la communication de restreindre fortement l'accès aux réseaux sociaux et aux données mobiles sur les téléphones portables. Ils voulaient empêcher les appels à manifester largement diffusés sur les réseaux sociaux et qui étaient vus par des millions de personnes. La situation était devenue très tendue et très compliquée avec ces mesures liberticides, qui impactaient beaucoup l'économie du pays.

Tout ce qui était en train de se passer relevait de l'inédit sur la terre du Nyambara, les pages les plus sombres de l'histoire politico-sociale du pays s'écrivaient sous les yeux de la population désemparée. De nombreuses manifestations contre l'arrestation de l'opposant Omiba Sanda avaient également lieu dans toutes les grandes villes du pays. Son fief dans le sud du pays était en proie à d'intenses affrontements en jeunes manifestants et forces de l'ordre, des rumeurs faisaient état de nombreux morts par blessures provoquées par des balles réelles.

Lorsque le premier mort dans les rangs des manifestants fut confirmé, la nouvelle se répandit très vite sur le terrain des manifestations de tout le pays. La colère des jeunes s'exacerba violemment. Ils réclamaient la vengeance pour les auteurs de cet acte. La situation dans la ville de Soroké était devenue hors de contrôle, les rumeurs de nombreuses victimes des balles mortelles des forces de l'ordre dans le pays jetaient de l'huile sur le feu. Les scènes de pillages se multipliaient partout dans les grandes villes. La journée tirait vers sa fin, les jeunes occupaient toujours les rues jonchées de pierres, de débris, de pneus brulés.

Omiba Sanda était toujours retenu dans la cave du tribunal de grande instance de Soroké. Ses avocats faisaient les cent pas, téléphones collés aux oreilles, en train de deviser sur les stratégies à tenir pour faire face au juge d'instruction. Il devenait de plus en plus sûr qu'il n'allait pas être entendu en ce jour sombre, ce qui présageait qu'il allait passer la nuit derrière les barreaux. Cette perspective n'enchantait guère ses avocats qui espéraient le faire libérer dans la soirée pour apaiser ses jeunes partisans qui tenaient tête aux forces de l'ordre dans la rue.

Les Oracles de Zangala voyaient de leurs yeux ce que l'esprit des ancêtres avait prédit lors de la cérémonie du Nyanga Boma, le pays était à feu et à sang depuis que le soleil s'était levé. Ils voyaient également l'homme dont il avait été fait mention cette nuit-là, le doute n'était plus permis, cet homme qui allait affronter Sefu Mandeba et qui était sous la protection des ancêtres c'était Omiba Sanda. C'était l'élu des ancêtres et des esprits du bois sacré, il était le sauveteur de la terre accueillante et paisible du Nyambara. Ils voyaient maintenant clairement son aura, qui était immense, c'était celui d'un homme qui sortait de l'ordinaire. Il était clair que son arrestation avait secoué tout le pays, les Nyambarois l'adoraient, l'idolâtraient même dans certains cas. Ils étaient prêts à tout pour le défendre. Omiba Sanda se battait pour les plus faibles, il souhaitait partager les richesses du pays équitablement à tous, il voulait rendre leur dignité à ceux qui étaient marginalisés par le système économique et social sous l'ère de Sefu Mandeba.

Les devins savaient quels étaient leurs prochains pas, car cet homme avait été choisi par les ancêtres pour sauver le pays. Ils s'engageaient à lui apporter un soutien sans faille et inconditionnel dans l'accomplissement de sa mission, qui consistait à s'opposer au régime dictatorial du président. Ils firent des sacrifices rituels à cet effet ce jour-là, ils formulèrent des incantations auprès des esprits en sa faveur, pour sa protection. Ils étaient conscients qu'Omiba Sanda, en tant qu'élu pour libérer le Nyambara de la tyrannie, allait être durement éprouvé, il ne pouvait en être autrement.

N'ayant pas été reçu par le juge d'instruction pour son audition au tribunal de Soroké, il était désormais sûr qu'il passerait la nuit dans la cave. Il n'y avait rien qui pouvait le sauver : ni les manifestants qui persistaient à protester dans les rues, malgré l'obscurité tombante, ni les Oracles de Zangala qui étaient devenus ses alliés inattendus dans sa lutte contre la tyrannie et la mauvaise gestion. Omiba Sanda était résigné, il réfléchissait sur les suites à donner à cette journée noire pour le Nyambara. Il savait qu'il avait un rôle important à jouer pour l'avenir du pays, il n'était pas question pour lui de s'enfuir à la première contrariété, à la première épreuve, il était décidé à aller au bout de son combat. Il s'adossa au mur de la cave sous le regard sévère de l'officier responsable de sa surveillance, il ferma les yeux, il fut emporté dans un songe où le Nyambara était une terre libre, démocratique, prospère, avec une justice indépendante.

Le lendemain de son arrestation, les heurts entre forces de l'ordre et manifestants continuaient de plus belle. Des scènes de pillages avaient eu lieu durant toute la nuit, les bâtiments et les voitures de l'administration de Sefu Mandeba avaient été saccagés, brulés, dégradés. Les manifestants en colère s'attaquèrent également aux groupes de presse qui étaient jugés corrompus et proches du pouvoir du président tyrannique, ils furent saccagés dans une furie totale. Les forces de l'ordre du Nyambara avaient commencé à faire un usage systématique de tirs à balles réelles pour faire face aux pierres balancées par les manifestants. Ils étaient à bout de nerfs, en manque de sommeil, les ventres vides. Ils avaient tenu leurs postes durant toute la nuit sous l'intensité des attaques.

Malheureusement, ces balles réelles tirées sur la foule étaient mortelles, elles occasionnaient également de terribles blessures dans les meilleurs des cas. Ainsi à l'aube de ce deuxième jour de manifestations, on commençait à compter les morts dans la ville de Soroké, mais également dans le sud du Nyambara, fief de l'opposant Omiba Sanda. Les manifestants souffrant de graves blessures par balles se comptaient par dizaines dans ces deux villes principalement. Ils étaient dans les couloirs des hôpitaux en attendant d'être pris en charge en urgence, leurs cris de douleurs dans leurs habits ensanglantés étaient terrifiants. Il y avait une atmosphère de guerre dans ces hôpitaux débordés. Des appels aux citoyens pour des dons de sang étaient relayés sur les réseaux sociaux qui fonctionnaient encore. La situation était chaotique.

Depuis le début des émeutes, la veille, le président tyrannique du Nyambara, l'ignoble Sefu Mandeba s'était terré dans son palais jalousement gardé par tout un détachement de la garde républicaine. Il n'était plus possible d'y accéder à des kilomètres à la ronde. Le centre-ville de Soroké avait été bunkerisé dans le but de le protéger. Il s'était quant à lui emmuré dans un silence bruyant. Aucune apparition publique, aucune conférence de presse, aucune déclaration écrite, aucun communiqué, n'avait émané de lui ou de ses services de communication sur la situation du pays.

Sefu Mandeba suivait pourtant les évènements qui secouaient la ville de son salon aux lambris doré, des images et des rapports détaillés lui étaient fournis toutes les heures par ses services de renseignements, par la police ou par l'armée. Il avait constitué une force opérationnelle de gradé chargé de gérer la crise et d'œuvrer avec hargne pour faire retourner le calme dans le pays. Il était pourtant au courant de tout ce qui se tramait dans le pays. Il avait une grande part de responsabilité dans la tenue de ces évènements malheureux qui entachaient l'image du Nyambara depuis deux jours. Il était surpris par la tournure des évènements relatifs à la convocation au tribunal de son principal opposant, surtout le soutien populaire qu'il avait reçu pour s'y rendre. Il avait cru que la procédure judiciaire allait passer comme lettre à la poste, qu'Omiba Sanda et ses souteneurs allaient se laisser faire en toute docilité jusqu'à l'exécution de son plan machiavélique de l'éliminer de la scène politique.

Le peuple du Nyambara avait toujours été un peuple pacifique, qui avait horreur de la violence. Mais les images qu'il avait vues le laissaient pantois, c'était incroyable ce déferlement de colère dans toutes les rues de la ville. Il avait pourtant réussi à éliminer d'autres opposants politiques grâce à des procédures judiciaires douteuses et rien de tel ne s'était produit. Ainsi, de nombreuses questions le torturaient.

Qui était réellement cet Omiba Sanda ? Qui étaient ces milliers de manifestants prêts à sacrifier leurs vies pour le défendre ?
Sefu Mandeba se rendait compte de l'influence de son opposant sur les nyambarois, les jeunes en particulier. Il était en train de réaliser que ce dernier allait lui livrer un âpre combat avec le soutien de ces jeunes pour se défaire des liens de la justice. C'était un combat de feu et de sang, comme le lui avaient prédit les Oracles. Cet homme dont il lui avait prédit la venue, c'était Omiba Sanda, tout était clair en ces instants-là. Ce qui le torturait le plus, c'était le soutien indéfectible qu'il avait reçu et qu'il continuait de recevoir malgré les graves accusations qui pesaient sur lui, malgré la violente répression policière avec des tirs à balles réelles. D'après les différents rapports des services de renseignements qu'il avait sur sa table, la majorité de l'opinion publique nyambaroise ne croyait pas en ces accusations de viol et de menaces qui lui valaient sa convocation au tribunal.

Il ne lui restait qu'à corser le plan qui était déjà en cours d'exécution, tout en usant d'encore plus de délicatesse avec cet opposant populaire pour ne pas s'attirer les foudres des jeunes militants de son parti et de ses milliers de sympathisants. Il devait le salir, il devait tout faire pour que l'opinion publique ait une mauvaise image de lui, qu'elle le considère comme un diable. Il était désormais question de faire parler la jeune masseuse Lina Kambara, dans les médias, sur les réseaux sociaux, pour diffuser de faux témoignages sur cette affaire montée de toutes pièces par ses hommes de main. Elle livrait des détails salaces sur cette affaire, elle dévoilait de supposés moments intimes avec l'opposant Omiba Sanda sur la place publique. Elle voulait s'attirer la sympathie du public et jeter l'opprobre sur son supposé violeur. Elle voulait également glaner des souteneurs dans ses délires au niveau des femmes, et des associations de défense de la femme.

Lina Kambara était désormais au centre des débats, ses révélations faisaient l'objet de passionnants débats dans tous les lieux publics, dans les cours communes, sous les arbres à palabres. Omiba Sanda dormait depuis trois jours dans la cave du tribunal de grande instance de Soroké, dans l'attente de son audition avec le juge d'instruction responsable de son dossier. Des heurts continuaient de se produire dans la ville, tous les établissements, qu'il s'agisse d'écoles, de magasins ou de banques, étaient fermés, paralysant ainsi la ville. Les barricades des manifestants bloquaient de nombreuses rues et ruelles, des pneus brûlaient au niveau des ronds-points, les ordures non collectées depuis des jours étaient déversées sur la voie publique, remplissant l'air de relents nauséabonds. Soroké était une ville morte.

Les scènes de pillages étaient devenues monnaie courante, des malfaiteurs s'étant greffé aux manifestants pour cambrioler des magasins et stations-service. Les symboles de l'administration étaient dégradés, avec des écritures dénonçant la tyrannie de Sefu Mandeba. Chaque jour de manifestation dans le pays, des morts étaient enregistrés sous les tirs des balles réelles des forces de l'ordre du Nyambara. Des rumeurs faisaient état de huit morts au quatrième jour de heurts, d'autres avaient décompté une douzaine de décès dans différentes localités du pays. Le nombre de manifestants blessés grièvement par balles se comptait par centaines. Le sud, fief de l'opposant Omiba Sanda, payait le plus lourd tribut dans cette contestation contre la tyrannie du régime de Sefu Mandeba. Cette répression violente des jeunes manifestants exacerbait la colère du peuple contre son régime autoritaire.

Omiba Sanda resta dans la cave du tribunal de grande instance de Soroké durant cinq jours. Ces cinq jours resteraient à jamais gravés dans l'histoire du Nyambara, cinq jours sombres, où la terre s'est gorgée du sang et des larmes de ceux qui luttaient contre la tyrannie de leur président. Les jeunes constituaient l'essentiel des victimes de cette violente répression des manifestations. Ils avaient payé un lourd tribut dans les combats pour l'espoir et la foi qu'ils avaient en leur leader. Ils étaient courageux, déterminés, ils étaient à l'image d'Omiba Sanda.

Au matin du sixième jour de sa garde à vue, la comparution de l'opposant accusé de viol, devant le juge d'instruction, fut programmée. Pour parer à toute éventualité de perturbation de ce face-à-face, le tribunal de grande instance de Soroké fut bunkerisé. Un important dispositif des forces de l'ordre barricadait toutes les rues qui menaient vers ce haut lieu de la justice nyambaroise. Sefu Mandeba avait décidé de faire appel à l'armée du Nyambara. Toute la ville était quadrillée par des blindés de l'armée du Nyambara, remplis de soldats en tenue de guerre, avec des armes de guerre également. Il ne s'agissait plus simplement de maintenir l'ordre, mais de défendre les institutions de la République du Nyambara. Ils avaient pour mission de sécuriser le Palais de Sefu Mandeba, l'Assemblée nationale, les ministères de la République, les trésors publics, et tous les sites sensibles essentiels au bon fonctionnement du pays. Les populations étaient effrayées par ce dispositif impressionnant digne des plus grands théâtres de guerre.

Sefu Mandeba avait une peur bleue de la foule déchainée qui avait pris le contrôle des rues de la ville depuis cinq jours. Il avait peur qu'ils ne s'attaquent à son palais pour essayer de renverser son pouvoir, comme le préconisaient les plus extrémistes des manifestants dans le feu de l'action. Il avait fait appel à l'armée pour protéger son pouvoir.

Les spéculations allaient bon train sur le face-à-face du juge d'instruction et de Sefu Mandeba. Certains prédisaient son placement sous mandat de dépôt à l'issue de cette entrevue, parce qu'ils le considéraient comme coupable des faits qui lui étaient reprochés. D'autres penchaient plutôt pour une relaxe pure et simple en sa faveur, faute de preuve tangible dans le dossier d'accusation.

À l'issue de son audition devant le juge d'instruction, Omiba Sanda fut placé sous contrôle judiciaire, en attendant la tenue du procès qui devait statuer sur le fond du dossier. Il fut libéré selon des conditions strictes qui restreignaient ses mouvements et sa liberté de parole. Cette libération sous contrôle judiciaire de l'opposant principal de Sefu Mandeba fut vécue comme un soulagement par tout le peuple nyambarois, qui était sauvé d'un chaos sans précédent. Les manifestations s'estompèrent avec la libération de l'opposant le plus en vue de la scène politique.

L'heure du bilan était arrivée. Il faisait froid dans le dos. Il y avait eu au moins une douzaine de morts dans les manifestations, des centaines de blessés graves et légers étaient à déplorer. En termes économiques, les dégâts occasionnés par les manifestations se chiffraient en dizaines de milliards en matériel et en manque à gagner pour les entreprises et les commerces. Le pays avait été durement touché par ces évènements violents qui se sont étalés sur de nombreux jours. Certains étaient encore sous le choc que la tranquille et hospitalière contrée du Nyambara ait servi de cadre à ces événements cataclysmiques. Ils n'arrivaient pas à croire que des individus habituellement non violents et prônant la paix se retrouvent confrontés à des personnes équipées d'armes lourdes, dans leur quête de justice. La structure sociale et les constructions mentales avaient donc beaucoup changé depuis l'avènement d'un opposant de la trempe d'Omiba Sanda. Les jeunes qui constituaient la majorité de ses souteneurs n'avaient pas reculé devant la répression violente de leurs manifestations, ils n'avaient pas reculé lorsque les forces de l'ordre avaient usé de tirs à balles réelles pour les faire fuir, ils étaient prêts à sacrifier leurs vies pour lutter contre l'injustice dont était victime leur leader.

Sefu Mandeba fit une déclaration publique pour appeler la population nyambaroise au calme et à la sérénité, en invitant les jeunes à éviter la logique d'affrontement qui pouvait mener le pays au pire. Il espérait ainsi, par ces paroles doucereuses refroidir les ardeurs des manifestants pour la suite du dossier, qui promettait d'être explosive. Omiba Sanda invita ses partisans et les citoyens épris de justice qui s'étaient battus au prix de leur vie pour sa libération à renforcer leur mobilisation. Il avait été très touché par cette vague de soutien qu'il n'attendait guère. Il leur martela qu'il s'agissait d'une révolution et qu'elle devait être pacifique. Comme à son habitude, il tira à boulets rouges sur Sefu Mandeba et son gouvernement, qu'il considérait comme un président illégitime. Il le fit passer pour le pire président de l'histoire du Nyambara. Il pria pour ceux qui avaient perdu la vie durant les cinq jours de heurts, il était très ému en les évoquant, surtout parce que bon nombre d'entre eux manifestaient dans son fief du sud du Nyambara. Il promit à leur famille justice et réparation quand le pouvoir de Sefu Mandeba serait balayé. Omiba Sanda souhaita également un prompt rétablissement aux centaines de blessés qui étaient encore dans les hôpitaux ou chez eux, il leur promit son appui pour financer leurs soins. Il exhorta tous ses souteneurs à mener la révolution de manière pacifique, mais ferme.

Ces cinq jours de heurts violents, qui venaient de prendre fin, allait changer à jamais le visage e la scène politique du Nyambara. Toute l'opinion s'accordait sur le fait intangible qu'Omiba Sanda était le leader incontestable de l'opposition. Il y avait désormais deux camps politiques distincts, le camp de Sefu Mandeba et de ses alliés politiques, et le camp d'Omiba Sanda et de ses alliés politiques, telle était la nouvelle configuration politique au Nyambara. Ces deux camps se dirigeaient vers un affrontement historique pour le contrôle du pouvoir.

Les Oracles de Zangala s'étaient rangés du côté de l'homme béni et protégé par les ancêtres, Omiba Sanda. Ils avaient le devoir de le soutenir et de l'aider dans sa mission pour la sauvegarde de la paix sur la terre du Nyambara. Le lendemain de sa libération, ils lui envoyèrent un émissaire qui devait lui assurer de leur soutien indéfectible dans son combat contre Sefu Mandeba. Ils étaient conscients qu'il allait être durement éprouvé dans les mois à venir, ils avaient vu les tourments qu'allait lui causer son engagement politique contre le tyran du Palais de Soroké. Ils avaient préparé tout un arsenal mystique pour sa protection. Il s'agissait d'amulettes, de décoctions, des onguents que l'émissaire prit le temps d'expliquer leurs utilisations en détail à l'opposant le plus en vue du Nyambara. Ils avaient passé des jours et des nuits pour élaborer cet arsenal mystique, ils avaient fait appel aux esprits les plus anciens, les plus puissants, pour qu'ils procurent à ces objets des pouvoirs magiques. Les esprits avaient répondu favorablement à leurs invocations, ils les avaient aidés, ils leur ont inculqué leur science mystique universelle. Omiba Sanda serait protégé même dans le feu le plus intense, c'était la volonté des ancêtres.

Omiba Sanda accueillit cet émissaire avec beaucoup de respect et de considération, il était originaire du sud du Nyambara, où la tradition pesait beaucoup sur la vie des populations. Il avait beaucoup de respect pour la religion des ancêtres. Il était également très content de ce soutien de taille que représentaient les Oracles du Zangala. Il prit bonne note des recommandations de ces deniers, tout en les assurant de les mettre en pratique. Il offrit de nombreux cadeaux aux Oracles par l'intermédiaire de l'émissaire, qui fut émerveillé par la bonté et la bienveillance qui se dégageaient en la personne d'Omiba Sanda. Il était maintenant sûr que c'était l'homme qu'il fallait pour diriger le Nyambara, il était destiné à gouverner, les Oracles ne se trompaient jamais.

Sefu Mandeba enrageait dans son palais. Il voulait en finir avec Omiba Sanda, mais sa marge de manœuvre avait beaucoup rétréci depuis les événements violents qui avaient secoué le pays. Il ne pouvait plus se permettre de procédures hasardeuses dans le traitement de ce dossier. Il avait vécu cet épisode chaotique avec la peur au ventre. Il prenait conscience de la dimension de son adversaire politique. Désormais, tout son espoir reposait sur la jeune masseuse Lina Kambara qui devait l'anéantir aux yeux de l'opinion publique nyambaroise. Il espérait, en le caricaturant, en le calomniant, en le salissant, le priver de tout soutien populaire, il rêvait de pouvoir l'isoler pour pouvoir lui porter un coup fatal.

La seconde phase de son plan machiavélique était donc la diabolisation à outrance d'Omiba Sanda.

Une nouvelle bataille était sur le point de s'amorcer, une bataille où la violence serait verbale, avec des mots crus, aux relents pestilentiels. Les mots voleraient bas, la médisance et la calomnie devaient remplacer les tirs à balles réelles et les grenades lacrymogènes. Un combat par média interposé, un combat de communicants, pour s'attirer les faveurs de la masse populaire allait opposer les deux principaux camps politiques du pays. Sefu Mandeba avait la majorité de la presse dans sa poche. Il aurait tout le loisir avec la complicité de son gouvernement de diffuser de fausses informations visant à détruire l'image d'Omiba Sanda et de son parti.

Sefu Mandeba comptait également démanteler toutes les structures du parti de son principal adversaire politique. Ils étaient accusés de tout et de rien, tout devenait motif à les jeter en prison sans aucun procès. Cette vague d'arrestations de militants et de sympathisants d'Omiba Sanda allait s'intensifier jusqu'à finir par ressembler à une chasse aux sorcières. Ils allaient être traqués dans tout le pays, et même à l'étranger pour certains. Sefu Mandeba voulait isoler son plus redoutable opposant pour l'éliminer politiquement.

L'accalmie relative dans le Nyambara serait-elle de longue durée ?

Le combat politique resterait-il verbal ?

Sefu Mandeba réussirait-il à éliminer Omiba Sanda avec l'aide de la jeune masseuse ?

Acte III: Le Point de Non-Retour

Chapitre 7 : La montée des tensions

Après le premier affrontement entre Omiba Sanda et Sefu Mandeba, qui avait valu au Nyambara un lourd bilan en pertes humaines et matérielles, il y eut une période d'accalmie au sein de l'espace politique. Les deux camps faisaient désormais la guerre par presse interposée. Les partisans de Sefu Mandeba occupaient les plateaux de télévision et radios pour défendre leur leader, et incriminer Omiba Sanda dans la procédure judiciaire qui le visait. Ils accompagnaient la jeune masseuse pour qu'elle s'exprime sur ces faits partout où elle pouvait glaner de l'audience. Leur mission consistait à s'attirer la sympathie du grand public dans leurs complots machiavéliques et faire en sorte qu'il déteste l'adversaire politique de leur patron.

Omiba Sanda et ses partisans occupaient de leur côté les réseaux sociaux, qui étaient gratuits parce que la majorité des médias classiques étaient sous le joug du président tyrannique du Nyambara. En ces moments de fortes contradictions politiques, peu d'organes de presses osaient aller à contre-courant de Sefu Mandeba, qui les arrosaient de subventions. Il était hors de question qu'ils tendent leurs enregistreurs à l'opposant le plus en vue du

Nyambara. Ainsi, ce dernier et ses partisans se sont spécialisés dans la communication sur les réseaux sociaux. Ils y bénéficiaient d'une très forte popularité, leurs messages, leurs activités étaient relayées par des millions de personnes. Ils arrivaient à toucher une masse énorme de nyambarois que leur leader dénommait "la masse critique".

Le ministre des Communications de Sefu Mandeba, conscient de la situation, tenta en vain de restreindre l'accès aux réseaux sociaux les plus populaires auprès d'Omiba Sanda et de ses alliés. Cependant, ces restrictions avaient été contournées grâce à des logiciels qui modifiaient la localisation des utilisateurs, leur permettant ainsi d'accéder à tout le contenu qui leur était interdit. Alors, Sefu Mandeba décida de changer de stratégie en faisant de la répression sur les réseaux sociaux. Il mit en place une brigade chargée de scruter tous les messages qui circulaient sur les réseaux et leurs auteurs, ensuite ils les localisaient dans le pays, pour finalement les arrêter pour des motifs fallacieux. Ainsi, une grosse vague d'arrestation de militants et sympathisants du parti d'Omiba Sanda s'abattit sur le pays.

Au-delà des publications sur les réseaux sociaux, des arrestations ciblées avaient lieu dans tout le pays pour soupçons de participation aux heurts qui avaient suivi l'arrestation du leader de l'opposition. Les membres les plus influents du parti étaient visés par des procédures judiciaires pour divers motifs. Sefu Mandeba voulait démanteler le parti de son principal adversaire, en usant de la force répressive de la justice, de l'intimidation et de l'emprisonnement. Les prisonniers politiques se comptaient désormais par milliers à travers tout le pays, la liste ne cessant de s'allonger chaque jour. Des nyambarois étaient arrêtés dans la rue pour avoir porté des t-shirts, bracelets ou autres objets à l'effigie d'Omiba Sanda ou aux couleurs de son parti. Telle était la situation qui prévalait au Nyambara durant les mois qui suivirent les premières manifestations violentes à Soroké et au sud du pays.

La paix et la sérénité étaient illusoires. Les arrestations en masse renforçaient la colère de la population. Le pouvoir en place se muait petit à petit en dictature. La liberté d'expression était bafouée. Toutes les manifestations pacifiques qui faisaient l'objet de demande d'autorisation au sein de l'administration territoriale du Nyambara étaient interdites. Les blindés des forces de l'ordre occupaient continuellement les grandes artères de la capitale. Le pays était profondément divisé entre les partisans de Sefu Mandeba et ceux de son farouche opposant Omiba Sanda. Il régnait dans le

Nyambara une atmosphère délétère, le feu couvait dans les poitrines et dans les esprits.

Ce fut dans ce contexte anxiogène que le juge responsable du dossier de viol qui opposait Lina Kambara à Omiba Sanda décida de convoquer ce dernier. Il s'en suivit une audition qui dura près de trois tours d'horloge. Omiba Sanda rejeta en bloc les accusations portées à son endroit par la jeune masseuse, il présenta également des preuves pour corroborer ses propos. Ainsi, paré de son calme légendaire, il démonta l'accusation avec une verve sans pareille. Le juge décida de convoquer Lina Kambara à son tour pour une audition sur le fond. Cette dernière, accompagnée de son tonitruant avocat, maintint ses accusations à l'encontre de Sanda, elle réclamait un procès public durant lequel l'affaire allait être vidée.

Le juge décida de convoquer les deux parties pour une confrontation au sein du tribunal de grande instance de Soroké. Le dispositif sécuritaire autour du tribunal et dans la ville fut renforcé par peur d'émeutes. L'audience dura sept tours d'horloge dans une salle d'audience du palais de justice. Durant cette confrontation, les deux parties à savoir Lina Kambara et Omiba Sanda, campèrent sur leurs positions. Omiba Sanda exigea des preuves, de la part de l'accusation, des faits qui lui étaient reprochés, l'accusatrice, quant à elle, soutint que son bourreau essayait de se défiler devant le juge pour se tirer d'affaire. Elle l'accusait d'esquiver les questions, et de ne pas être sincère dans ses propos. Omiba Sanda refusa de répondre aux questions du juge, et des avocats de la défense, il exigeait des preuves de leur part. Lina Kambara refusa à son tour de répondre aux questions des avocats de l'opposant, créant un imbroglio durant l'audience.

Finalement, le juge appela à la tenue d'un procès dans les mois qui devaient suivre cette audience. Ce procès allait départager les deux parties devant un juge, un procureur et les avocats de la défense. Omiba Sanda remonta sur son cheval de guerre pour dénoncer avec véhémence l'instrumentalisation de la justice nyambaroise à des fins politiques. Il affirma que cette procédure judiciaire qui le visait n'avait pour autre objectif que de l'empêcher de se présenter aux élections qui étaient en passe de survenir. Il dénonça la corruption et le clientélisme politique qui régnait au sein des institutions de la république du Nyambara. Il promit d'y mettre fin si les nyambarois lui accordaient leur confiance.

La date du procès approchait à grands pas. Toute la population nyambaroise retenait son souffle. La peur se lisait sur tous les visages, tout le monde gardait en tête le cauchemar des manifestations qui avaient suivi la première arrestation de l'opposant le plus en vue du Nyambara. La tension se ressentait partout dans le pays, c'était le calme avant la tempête. Les milliers d'arrestations ciblées de militants et sympathisants du parti de Sanda attisaient la colère de la population. Les interdictions systématiques de tout rassemblement, de toute manifestation de l'opposition n'arrangeaient guère les choses. Le pouvoir de Sefu Mandeba était devenu un pouvoir autocratique, dictatorial, tyrannique, où les libertés d'expression et de manifestation étaient bafouées. Tous les observateurs politiques nationaux et internationaux craignaient le pire à propos de tout ce qui tournait autour de ce procès.

A quelques jours de l'ouverture du procès historique de l'opposant principal du président du Nyambara, les jeunes de son fief se remirent à manifester dans la rue. Ils étaient tout simplement contre la tenue de ce procès, ils ne voulaient pas en entendre parler. Ils n'avaient aucune confiance en la justice aux ordres de Sefu Mandeba, ils n'espéraient aucun jugement équitable de la part des juges et procureurs sous le joug de leur président tyrannique. Ils voulaient manifester leur colère et leur désespoir dans la rue. Les affrontements avec les forces de l'ordre recommencèrent, s'intensifiant au fil des jours. Chaque jour, on déplorait des blessés dans les deux camps des manifestants et des policiers. Les jeunes usaient désormais, en plus des pierres, de bouteilles remplies de liquide inflammable dans lesquelles ils faisaient tremper un bout de tissu, qu'ils allumaient et qu'ils jetaient aux forces de l'ordre qui ripostaient en tirant des balles réelles sur la foule.

Omiba Sanda décida de se rendre dans son fief natal, Makonga, au sud du Nyambara, pour rendre visite à ses parents, et à ses sympathisants, qui n'avaient cessé de se battre durant des années pour lui et son parti politique. Il voulait rendre visite aux familles qui avaient perdu des enfants dans les manifestations et à ceux qui avaient des blessés graves et légers à prendre en charge. Il voulait les assurer de son soutien indéfectible dans ces moments difficiles. Les jeunes étaient survoltés à l'annonce de la visite de leur leader, ils voulaient lui réserver un accueil digne d'un président de la République. Quand il entra dans la ville, des milliers de nyambarois chantaient et dansaient pour l'accueillir. Ils accompagnèrent sa voiture dans toute la ville, jusqu'à son domicile. Omiba Sanda sortit de sa voiture et les remercia pour leur chaleureux accueil, il leur promit des visites de proximité durant les jours où il serait présent à Makonga.

Omiba Sanda était venu pour se ressourcer auprès des siens avant la bataille qui devait l'opposer à Lina Kambara, la jeune masseuse de Soroké. Ses parents l'avaient supplié pour qu'il vienne à Makonga, après des mois d'absence. Durant son séjour, il était prévu qu'il rencontre le conseil des sages de la ville, qui devait œuvrer en faveur de sa protection contre les complots de Sefu Mandeba. Ce conseil était craint et respecté dans tout le sud du Nyambara, les gens venaient de partout pour les consulter, pour qu'ils intercèdent en faveur de leurs aspirations professionnelles, familiales et pour leur protection. Ils étaient dotés de pouvoirs mystiques qu'ils détenaient grâce aux ancêtres. Ils voulaient en faire profiter Omiba Sanda pour qu'il soit protégé dans les tourments de la procédure judiciaire qui devait commencer dans les jours suivants.

Durant les premiers jours de son séjour, il tint sa promesse de se rendre auprès des familles des jeunes décédés et des blessés dans les manifestations pour sa libération et contre son procès. Il leur offrit de fortes sommes d'argent qui avaient été collectées par les militants dans tout le pays et dans la diaspora. Il leur promit de tout faire s'il était élu président pour que la justice condamne les coupables de tels actes. Il devait avoir un face-à-face avec le Conseil des Sages, qui devait lui délivrer un message important en vue de son procès et de son avenir politique. La rencontre était prévue la nuit dans le bois sacré situé en dehors de la ville, dans la forêt aux arbres millénaires.

Quand le jour de la rencontre entre Omiba Sanda et le Conseil des Sages de Makonga arriva, il fut apprêté par sa mère, qui l'habilla du pagne rouge traditionnel que revêtaient ses ancêtres en de telles occasions. Elle passa autour de son cou un collier avec des dents de serpents et posa sur sa tête une coiffe rouge ornée de cauris. Il était prêt pour être reçu en audience par le Conseil des sages. Il devait y aller seul. Son chauffeur le déposa à l'orée du bois sacré à la sortie de la ville, tandis qu'il allait faire le reste du chemin à pied dans la pénombre. Il marcha un long moment en silence, en direction du bois sacré qu'il connaissait bien, puisqu'il était un initié depuis qu'il était un enfant. Tout en marchant vers le Conseil des sages des souvenirs d'enfance faisaient surface dans sa tête. Il se rappelait son groupe d'initiation avec d'autres enfants de sa communauté, chantant et dansant, entourés de leurs protecteurs adultes. Ils avaient passé un mois entier dans le bois sacré pour être initié aux rites secrets des ancêtres. Tous les enfants de la communauté passaient par cette étape cruciale qui favorisait leur intégration sociale par la suite.

Il aperçut la lueur d'une flamme au bout du chemin. Tandis qu'il se rapprochait de la lueur, il entendait des murmures qui se mêlaient aux bruits mystérieux de la forêt pendant la nuit. Il arriva enfin au bout du chemin qui menait vers la clairière où était allumé ce feu qui éclairait les alentours. Une assemblée de vieux devisait à voix basse, tout en scrutant les alentours. Ils étaient au nombre de quinze, habillés de pagnes rouges, avec des coiffes rouges ornées de cauris, c'était leurs tenues traditionnelles. Ils étaient assis les uns à côté des autres en cercle, autour du feu. Lorsqu'ils aperçurent Omiba Sanda, qui s'était figé au bout du chemin qui menait vers le bois sacré, ils se turent tout en regardant dans sa direction à l'unisson. Le plus âgé d'entre eux, qui était sûrement le chef du Conseil des Sages de Makonga, l'invita d'un geste de la main à s'approcher de leur assemblée.

Omiba Sanda s'approcha lentement de l'assemblée des sages, il se dirigea vers le chef du Conseil. Arrivé à sa hauteur, il s'agenouilla et saisit sa main qu'il serra délicatement dans ses deux mains. C'était la coutume de saluer le chef du Conseil des Sages de cette manière. Ce dernier lui indiqua un petit monticule en terre au centre du cercle formé par les sages, c'était sa place, il était leur invité cette nuit-là. Lorsqu'il fut installé, le vieux sage prit la parole. Il remercia l'assemblée pour leur présence, puis il s'adressa à leur invité du soir. Il le remercia pour tout ce qu'il accomplissait pour son fief du Makonga, il l'encouragea pour la suite de sa carrière politique. Un autre sage prit la parole, il déplora avec véhémence tout ce que les forces de l'ordre faisaient subir à leurs enfants dans les rues de Makonga, il cita des noms de jeunes manifestants tués sous les balles des forces de l'ordre, il en cita d'autres qui trainaient de graves blessures. Il déplora avec tristesse le fait que toutes ces vies soient bouleversées par ces manifestations qui continuaient de plus belle dans la ville.

Un autre sage de l'assemblée prit la parole. Il dénonça les crimes odieux du pouvoir de Sefu Mandeba, qui avait fait couler le sang de ses concitoyens nyambarois. Il affirma que c'était un homme maudit, habité par un diable, avide de pouvoir et de sang. Il dit haut et fort que ce dernier était désormais leur ennemi à tous, et qu'ils feraient tout ce qui était en leur pouvoir pour l'arrêter dans sa folie meurtrière. Omiba Sanda suivait avec attention le discours des sages, il acquiesçait souvent pour confirmer leurs dires.

Le chef des sages reprit la parole. Il s'adressa à Omiba Sanda en le mettant en garde contre la perfidie de son adversaire politique. Il l'avertit d'un complot qui avait pour but de l'éliminer physiquement sur le chemin de son procès. Il conseilla à l'opposant de tout faire pour ne pas se déplacer au tribunal le premier jour du procès, il devait s'absenter le temps d'avoir toutes les garanties par rapport à sa sécurité. Ils avaient vu en songe un groupe d'hommes lourdement armés qui s'attaquaient à sa voiture pour l'assassiner. L'opposant de Sefu Mandeba était prévenu, il devait faire faux bond au juge pour éviter le piège qui lui était tendu par des hommes de mains du président. C'était pour l'avertir de ce danger imminent que ses parents avaient tout fait pour qu'il vienne leur rendre visite à Makonga et qu'ils avaient arrangé ce face-à-face dans le bois sacré.

Omiba Sanda n'était guère surpris par ces terribles révélations, il savait que Sefu Mandeba était capable de tout pour éliminer ses adversaires politiques. Il remercia chaleureusement le Conseil des Sages, tout en leur promettant de leur faire livrer par ses hommes les nombreux cadeaux qu'il voulait leur offrir. Il leur assura de tout son respect avant de prendre congé de l'assemblée. En marchant sur le chemin qui le menait hors du bois sacré, il réfléchissait à l'attitude à tenir face à cette probable tentative d'assassinat. Il savait qu'il était attendu pour le procès à Soroké par ses partisans, mais aussi par les hommes de main de Sefu

Mandeba. Il devait déjouer ce plan avec intelligence sans risquer de créer des heurts dans le pays.

Le lendemain, il convoqua une conférence de presse au sein de sa résidence de Makonga. Il avait décidé de révéler le complot qui se tramait contre lui. Il affirma devant les caméras qu'une tentative d'assassinat à son endroit était fomentée par des mercenaires venus de l'étranger. Ces derniers d'après lui, étaient sur ses traces depuis des jours, pour étudier ses itinéraires. Ils préparaient leur coup pour le faire tomber dans un guet-apens dans un lieu public. Ils voulaient l'exécuter. Omiba Sanda exigeait de l'État du Nyambara qu'il prenne en charge sa sécurité durant tout le procès contre la jeune masseuse Lina Kambara. À défaut d'être protégé contre les mercenaires qui étaient lancés à ses trousses pour l'abattre froidement, il avait décidé de boycotter son procès. Il n'allait pas se présenter au tribunal de Soroké pour la tenue du procès.

Ainsi, lorsque le jour du procès arriva, son absence fut constatée par le juge et les avocats de la partie civile. Le procès était donc reporté à la semaine suivante dans l'espoir de voir l'accusé se présenter à l'audience. Omiba Sanda se trouvait toujours à Makonga, il s'apprêtait à retourner à Soroké en passant par de grandes villes. Il voulait mobiliser ses militants et ses sympathisants partout où il allait passer, pour qu'ils se tiennent prêts à affronter le régime dictatorial de Sefu Mandeba. Ce serait également l'occasion pour lui de les remercier pour tout le soutien qu'ils lui avaient apporté durant son combat contre la tyrannie de leur président. Cette procession à travers les villes risquait d'être explosive dans le contexte qui prévalait au Nyambara. Les partisans de Sefu Mandeba avaient décidé de lui barrer la route dans leurs villes respectives, il était hors de question pour eux de le laisser se pavaner à sa guise en drainant les foules comme à Soroké. Les forces de l'ordre étaient également sur le pied de guerre, ils avaient été avertis de forts risques d'affrontements entre les deux camps politiques. Le chemin d'Omiba Sanda vers Soroké promettait d'être rempli d'épines pour lui et ses partisans.

Après avoir chaleureusement remercié ses parents et recueilli leurs bénédictions, Omiba Sanda, accompagné de sa garde rapprochée, et de ses lieutenants, décida de rentrer dans la capitale du Nyambara. Leur cortège s'ébranla à partir de son domicile familial. Ils étaient déjà des milliers de gens à l'attendre sur tout son parcours dans la ville de Makonga. Partout où son cortège passait, son nom était scandé, les gens chantaient et dansaient, d'autres couraient vers sa voiture pour lui serrer la main ou lui offrir un cadeau. Le cortège mit des heures à s'extirper de la foule qui l'accompagnait dans la ville. Quand ils sortirent de la ville, la matinée était bien avancée. Les voitures du convoi commencèrent à rouler à vive allure, mais à l'approche des villages, les gens étaient toujours là sur le bord des routes en train de scander "Omiba Sanda Omiba Sanda". C'était incroyable de voir une telle mobilisation dans ces villages reculés. Tous ces gens qui couraient derrière son cortège étaient profondément attachés au leader de l'opposition du Nyambara. Ils avaient en lui de grands espoirs.

Le convoi s'arrêta dans une ville où Omiba Sanda avait beaucoup de partisans. La journée était déjà avancée, ils avaient programmé une halte pour que les membres du convoi puissent se nourrir, se désaltérer et se reposer avant de reprendre la route. Un des responsables du parti au niveau local devait accueillir la délégation chez lui. Toute la ville était en effervescence, la rue qui menait au domicile où se trouvait le leader de l'opposition était noir de monde. La délégation fut accueillie avec des mets délicieux, et des boissons naturelles rafraichissantes. Tout à coup, un des lieutenants de Sanda reçut un appel téléphonique qui l'informait que les forces de l'ordre avaient mis en place un barrage en dehors de la ville pour l'appréhender comme ils l'avaient fait à Soroké. Ils avaient pour ordre de tout faire pour mettre fin à la procession de ce dernier parce qu'elle occasionnait des troubles à l'ordre public et des rassemblements interdits.

Une réunion d'urgence fut convoquée par Omiba Sanda avec ses lieutenants et sa garde rapprochée. Ils devaient définir une stratégie pour échapper au filet tendu par les forces de l'ordre. Il était vital pour lui qu'il ne tombe pas seul dans les mains d'un groupe d'hommes armés jusqu'aux dents. Ils pouvaient être n'importe qui. Sanda, accompagné d'un seul membre de sa garde rapprochée, décida de quitter le convoi avec une voiture banalisée appartenant à un militant de la ville. Il devait prendre de l'avance jusqu'à la prochaine étape en passant par des chemins détournés. Arrivé là-bas, une autre voiture devait prendre le relais pour l'emmener directement à Soroké. Le convoi composé de ses lieutenants et de sa garde rapprochée devait faire de la diversion, ils allaient rester sur place jusqu'au lendemain pour ensuite se diriger vers Soroké selon l'itinéraire préétabli. C'était une manière intelligente de donner un temps d'avance à leur leader pour qu'il puisse se défaire du groupe des forces spéciales qui le poursuivaient.

Ainsi habillé d'un ensemble de sport de couleur sombre, avec une capuche, Omiba Sanda embarqua en début de soirée dans la voiture banalisée du militant de son parti en direction de la ville suivante. Ce dernier était fier, content et très excité de pouvoir conduire son leader dans sa voiture. Il n'arrêtait pas de sourire au volant. Il était conscient qu'il était en train de réaliser un acte historique. Tout ce contexte angoissant avec les risques et les dangers qu'ils encouraient dans ces chemins déserts de la forêt avec son chef de parti lui procurait de l'adrénaline pure. Il roulait à vive allure. La nuit était tombée entretemps, les lumières des phares de la voiture se projetaient sur de grands arbres. La poussière que soulevait la voiture sur la piste latéritique remplissait l'air, créant un nuage blanc qui lui dansait autour. Omiba Sanda était silencieux, il n'était guère emporté par ses émotions ou par la pression que pouvait exercer sur lui une situation aussi tendue. Il savait garder son calme dans les moments les plus angoissants, c'était un don de la nature chez lui. Il se projetait déjà sur son procès. Il devait faire éclater la vérité pour que tout le peuple sache qu'il était victime d'un complot ourdi par son adversaire politique Sefu Mandeba.

La voiture roulait depuis des heures dans la nuit noire sur les pistes latéritiques cahoteuses des bois du sud du Nyambara. Ils allaient bientôt arriver dans la ville où une autre voiture banalisée attendait Omiba Sanda. La nuit était déjà bien avancée, il ne restait plus qu'une ou deux heures avant l'aube. Ils arrivèrent finalement au lieu de rendez-vous avec la voiture qui devait prendre le relais. Il n'y avait pas de temps pour des politesses excessives. En guise d'adieu, Omiba Sanda prit une photo dans la lueur de l'aube naissante avec son valeureux chauffeur. Ce dernier était aux anges, il avait accompli sa mission, il avait réussi à mener son leader à bon port. Il allait raconter à ses enfants et à ses petits-enfants cette nuit où il avait conduit le leader de l'opposition dans sa voiture durant toute une nuit à travers la forêt à son point de rendez-vous. Il regardait la photo qu'il partageait avec ce dernier sur son téléphone avec fierté. Il pria pour eux et reprit le chemin de la ville qu'ils avaient quitté la veille. Omiba Sanda s'engouffra dans la voiture que ses lieutenants avaient affrétée pour lui, suivi de près par le seul élément de sa garde rapprochée qu'il avait choisi.

Pendant ce temps, le convoi qu'ils avaient laissé lors de la première étape de leur tournée s'apprêtait à reprendre la route. Ils s'étaient réveillés de bon matin, avaient pris leur petit déjeuner, puis ils avaient préparé leurs véhicules pour le reste du chemin vers Soroké. Le chauffeur qui avait conduit leur leader avait donné de ses nouvelles, ils étaient soulagés de le savoir hors de portée des policiers qui essayaient de lui mettre la main dessus. Ils avaient décidé de garder le silence sur cette aventure de leur chef. Tout le monde devait penser qu'il était toujours dans le convoi, cela allait lui permettre de prendre de l'avance sur ses poursuivants. Ils espéraient ainsi que cette supercherie allait fonctionner.

Les véhicules des lieutenants du leader de l'opposition et de sa garde rapprochée se mirent en route. Les militants et sympathisants qui pensaient qu'il était toujours dans sa voiture, scandaient son nom, chantaient et dansaient à la vue du convoi. Ils continuèrent leur chemin à vitesse modérée, en klaxonnant, et en faisant rugir les sirènes de leurs voitures de sécurité. Le cortège commença à rouler plus vite à l'approche de la sortie de la ville. Les badauds et les spectateurs étaient amassés au bord de la route pour les voir passer. Ils allaient bientôt sortir de la ville, ils se préparaient à être interceptés par le groupe de policiers qui avaient campé sur les lieux depuis la veille. Ces derniers s'attendaient sûrement à appréhender Omiba Sanda dans le cortège de véhicules qui filaient droit vers eux, mais ils allaient être désagréablement surpris.

Ils roulèrent quelques kilomètres après être sortis de la ville avant d'apercevoir un barrage policier au beau milieu de la route. Il y avait deux agents en tenue de combat, encagoulés, lourdement armés, qui faisaient de grands gestes pour indiquer au convoi de s'arrêter. Un blindé de la police rempli de ces agents encagoulés était garé sur le bas-côté de la route. Une fois que les voitures en tête du convoi furent à portée de voix, ils leur intimèrent l'ordre d'arrêter leurs véhicules et de couper leur moteur. Ils leur signifièrent qu'ils étaient à la recherche d'Omiba Sanda, qui était sous le coup d'un mandat d'arrêt pour troubles à l'ordre public et participation à un rassemblement interdit. Ils dirent qu'ils avaient ordre de le ramener en toute urgence à Soroké sous bonne escorte de leur blindé. Les occupants des véhicules du cortège restèrent silencieux face aux injonctions des policiers. Ces derniers appelèrent en renfort d'autres éléments qui étaient assis dans le blindé. Ils avaient reçu l'ordre de fouiller les véhicules et d'en extirper le leader de l'opposition.

Ils ordonnèrent aux occupants de tous les véhicules d'en sortir pour qu'ils puissent effectuer leur fouille. Ces derniers s'exécutèrent à l'unanimité, laissant la place libre aux policiers pour effectuer leur travail. Ils fouillèrent avec rage les véhicules de fond en comble. Ils commençaient à se rendre compte qu'ils avaient été dupés par le leader de l'opposition et ses lieutenants. Ils étaient de plus en plus enragés, ils criaient et vociféraient, leurs talkies-walkies débitaient des paroles sans discontinuer. La situation était devenue tendue. Ils finirent par accepter que celui qu'ils cherchaient ne se trouvât guère dans ce cortège. Ils diffusèrent des informations sur leurs appareils de communications, ils avaient lancé un avis de recherche sur tout le territoire du Nyambara à l'encontre d'Omiba Sanda. Toutes les unités de la police étaient en état d'alerte, ils devaient le retrouver au plus vite. Ordre fut donné de contrôler tous les véhicules suspects et de vérifier l'identité des passagers. La chasse à l'homme était lancée.

Omiba Sanda était assis dans la voiture banalisée qui devait le ramener à Nyambara, ils roulaient à vive allure sur la route nationale numéro deux. C'était pour assurer sa sécurité qu'il avait décidé avec son staff d'abandonner le convoi et les bains de foule dans les villes où ils passaient. Il avait été averti par le Conseil des sages, mais aussi par des informateurs au sein des forces de l'ordre qu'il courait un grand danger, que des gens avaient été recrutés à l'étranger pour mettre fin à sa vie. Il ne pouvait prêter le flanc dans ces moments décisifs pour son avenir politique, il devait aller jusqu'au bout de son combat. Ainsi perdu dans ses pensées à l'arrière du véhicule, il tarda à remarquer que son chauffeur du jour avait considérablement ralenti son allure. Il se tourna vers lui un court instant avec un air apeuré.

Omiba Sanda jeta un regard sur ce qui était devant eux, il aperçut un blindé des forces de l'ordre du Nyambara. Le chauffeur lui dit qu'ils étaient également suivis par une fourgonnette banalisée depuis des kilomètres. Le leader de l'opposition se trouvait avec la voiture qui le transportait au milieu d'un traquenard. Les voitures des policiers l'encadraient par l'avant et par l'arrière, ils n'avaient aucune échappatoire lui et son chauffeur, la route étant bordée de buissons touffus où rien ne pouvait passer. Il décida de ne pas essayer de se défiler, il ordonna au chauffeur de faire halte juste devant le blindé qui avait barré la route. Il allait attendre l'officier de ce groupe de policier pour qu'il lui signifie l'objet de leur intervention. Il resta assis dans la voiture, le visage fermé.

Un individu vêtu d'un uniforme militaire, cagoulé, et muni d'un talkie-walkie sortit du véhicule de police. Un autre, armé, le suivit de près. Ils s'approchèrent de la voiture où se trouvait l'homme qu'ils recherchaient depuis la veille. Le premier qui semblait diriger les opérations vint se mettre devant la vitre de la porte où était assis Sefu Mandeba. Il toqua sur le verre en lançant un coup d'œil à l'intérieur du véhicule. Omiba Sanda resta assis impassiblement. L'officier de police lui dit à travers la vitre qu'il était en état d'arrestation, et qu'il devait descendre du véhicule s'il ne voulait pas qu'ils usent de la force pour l'en extirper. Omiba Sanda ne voulait pas mettre en danger son chauffeur, qui n'avait rien à avoir avec son arrestation, il redoutait les armes que pouvaient utiliser ces hommes encagoulés, au beau milieu de nulle part. Il descendit du véhicule sans piper un mot.

L'officier de police le tira par les bras vers lui ; tout en ordonnant à celui qui l'accompagnait de fouiller la voiture et de mettre la main sur toutes les affaires de leur cible. Ce dernier s'exécuta et mit la main sur toutes les affaires de l'opposant. L'officier le poussa par le dos vers le blindé pour l'embarquer. Omiba Sanda n'avait toujours pas prononcé le moindre mot, il semblait flotter au-dessus des événements qui lui tombaient dessus sur cette route déserte. Il jeta un coup d'œil à l'intérieur du véhicule de police qui était rempli d'hommes en tenue de combat, aux visages encagoulés, ils devaient être une bonne vingtaine. Deux d'entre eux s'écartèrent pour lui faire de la place. Ils l'invitèrent à s'assoir. Lorsqu'il s'assit entre eux, la porte du blindé se referma brusquement, puis le véhicule démarra en trombe. Ainsi prenait fin son escapade dans son fief du sud du Nyambara, le Makonga.

Le leader de l'opposition du Nyambara fut ramené manu militari d'une ville à l'intérieur du Nyambara jusqu'à son domicile. Son quartier fut barricadé, tous les accès menant à son domicile étaient gardés par des policiers lourdement armés. Deux blindés devaient stationner en permanence dans le quartier pour éviter tout affrontement avec ses militants. Omiba Sanda était placé en résidence surveillée, il ne pouvait plus se déplacer à sa guise, il ne pouvait tout simplement plus dépasser les barricades de la police. Il ne restait que quelques jours avant son procès, tout le pays retenait son souffle. L'inquiétude se lisait sur tous les visages dans les lieux publics. Il régnait un calme dans les quartiers, dans les chaumières des banlieues qui ne présageaient rien de bon.

Sefu Mandeba menait d'une main de maitre toutes les opérations se rapportant à son farouche adversaire politique depuis son somptueux palais de Soroké. Il était au début et à la fin de toutes les opérations, il distillait les ordres qui passaient par la hiérarchie jusqu'aux agents présents sur le terrain des opérations. Il avait décidé de porter le coup fatal à celui qui représentait son pire cauchemar depuis qu'il s'était engagé dans la politique, Omiba Sanda. Il lui avait valu des nuits blanches. Il était temps qu'il soit rangé aux oubliettes de l'histoire politique du pays. Il comptait actionner la justice pour le rendre inéligible et ainsi tronquer toutes ses chances d'être élu président aux élections présidentielles qui arrivaient. Ceci expliquait le caractère urgent de la tenue de son procès, il l'avait fait ramener de sa tournée populaire dans le sud, pour qu'il soit présenté au juge. Ce procès était sa bouée de sauvetage, le seul moyen de se débarrasser de son opposant encombrant.

Omiba Sanda, qui était isolé avec sa famille dans son domicile, décida d'utiliser les réseaux sociaux pour informer l'opinion nationale et internationale sur sa situation inquiétante. Il tourna des vidéos dans lesquelles il expliquait comment les forces de l'ordre l'avaient kidnappé sur le chemin de Soroké en provenance de son fief Makonga. Il affirma que ces derniers avaient subtilisé ses ordinateurs, ses téléphones et ses armes, dont il détenait des autorisations de port en bonne et due forme. Il s'adressa de manière solennelle à ses militants et sympathisants, les préparant à son éventuel placement sous mandat de dépôt, ce qui signifiait qu'il allait purger sa peine en prison. Il prépara sa famille et ses lieutenants de parti à cette éventualité pour que son absence ne provoque pas un coup d'arrêt à leurs activités politiques.

La paix et la quiétude de toute la nation nyambaroise tenaient désormais à un procès dont l'issue était incertaine.

La justice allait-elle faire valoir son indépendance par rapport aux sombres désirs de Sefu Mandeba ?

Quelles seraient les conséquences sociales, politiques, et économiques d'une condamnation de l'opposant le plus populaire de l'histoire du Nyambara ?

Le peuple accepterait-il le verdict de ce procès s'il était en défaveur de l'homme qui portait tous leurs espoirs ?

Chapitre 8: La bataille décisive

Lors de la première audience du procès quelques jours auparavant, et durant laquelle son absence avait été constatée, Lina Kambara, sa patronne, et de nombreux témoins avaient défilé à la barre. L'accusatrice avait maintenu ses accusations contre Omiba Sanda, en explicitant dans les moindres détails les séances durant lesquelles les faits se seraient déroulés. Elle évoqua les différents types de massages qui étaient pratiqués dans le salon, certaines d'entre elles ayant des allures d'échanges intimes. La gérante du salon, quant à elle, avait un discours contradictoire, elle réfuta en bloc les faits énoncés par l'accusatrice, apportant des preuves sur des dates où des faits de viols avaient supposément eu lieu dans le salon alors qu'il était fermé. En bonne patronne, elle affirma qu'elle était au courant de tout ce qui se passait dans son salon, donc s'il y avait eu viol, elle l'aurait su. Ces propos furent confortés par d'autres témoins qui abondaient dans le même sens. En l'absence du principal accusé qui était dans son fief à Makonga, la séance avait été ajournée, jusqu'à la semaine suivante.

Entretemps, les évènements qui avaient conduit à la mise en résidence surveillée d'Omiba Sanda avaient eu lieu. Une semaine remplie d'évènements extraordinaires. Les jeunes de Makonga avaient célébré leur idole, ils continuaient le combat pour ses droits à s'opposer sans être persécuté par une justice partisane. Ils clamaient haut et fort qu'ils étaient prêts à mourir pour obtenir gain de cause. Des affrontements violents avaient eu lieu dans le sud du Nyambara, occasionnant de nombreuses blessures par balles du côté des manifestants. Le risque d'un embrasement général dans toutes les villes du Nyambara, à l'issue du procès de leur leader, était réel. Son éligibilité aux élections présidentielles était en train de se jouer.

Le procès d'Omiba Sanda reprit dans une salle du tribunal de grande instance de Soroké bondée de monde. Les journalistes venus nombreux étaient au premier rang. Les avocats de la défense étaient au nombre de cinq, ils avaient l'air graves. L'accusatrice, habillée d'une robe rouge qui laissait deviner ses courbes, était assise à côté de son tonitruant avocat. Le public était également admis dans la salle, principalement les souteneurs des deux camps qui s'affrontaient en ce jour fatidique. Le principal accusé avait été laissé en résidence surveillée pour éviter des troubles dans la ville. L'issue du procès allait se jouer en son absence, il allait être jugé par contumace.

Les réquisitoires du procureur et de l'avocat de Lina Kambara, la jeune masseuse, insistaient sur les allégations de cette dernière, toute l'accusation était basée sur ses dires, aucune preuve matérielle n'avait été versée dans le dossier. Les avocats de la défense avaient souligné ce fait, ce qui impliquait que l'accusation contre leur client était infondée. En effet, aucun témoin n'avait assisté aux viols présumés qui auraient eu lieu dans le salon, et aucune preuve matérielle ne corroborait son histoire. Tout le procès était basé sur une accusation de viols répétés sans preuve. Malgré cela, la partie civile requit l'application sévère de la loi en matière de viol, de violences et de menaces de mort, ils exigeaient une peine exemplaire contre l'opposant de Sefu Mandeba, assortie d'une forte amende pour les préjudices physiques et moraux subis par leur cliente. Les avocats de la défense plaidèrent une relaxe pure et simple de leur client en l'absence de preuve de viols et de menaces de mort, ils attendaient de la justice un jugement fondé sur le droit et non sur le statut politique d'opposant d'Omiba Sanda.

Durant la séance, les clameurs s'élevaient souvent du public, certains étaient pour la condamnation de l'accusé, d'autres voulaient qu'il soit relaxé. Le juge menaça plusieurs fois d'une voix énervée qu'il allait faire évacuer la salle si le silence n'était pas rétabli. Il régnait une tension énorme dans la salle, les nerfs de tous ceux qui y étaient en ces moments étaient tendus. Les journalistes tapotaient avec fureur sur leurs ordinateurs et leurs téléphones, relatant tout ce qui se déroulait dans la salle d'audience, sur les réseaux sociaux. Tout le Nyambara était accroché au verdict de ce procès.

Les réquisitoires des différentes parties étaient désormais terminés, le juge devait délibérer sur sa décision le lendemain. Omiba Sanda allait donc être fixé sur son sort après deux années de procédures qui avaient marqué le pays pour toujours. Tout le pays retenait son souffle, les nyambarois étaient accrochés à leurs télévisions et leurs radios pour suivre l'avancement du procès. Le juge rendit son verdict, Omiba Sanda était inculpé pour perversion de la jeunesse, les faits de viols et de menaces de mort n'étaient pas retenus. Il était donc puni pour un acte délictuel à une peine de deux années de prison assortie d'une amende qui se chiffrait en centaine de millions. Les avocats de la défense étaient outrés, tandis que la partie civile exultait dans la salle d'audience. La messe était dite.

Ce verdict était historique parce que l'article qu'il convoquait pour condamner Omiba Sanda était peu connu des juristes, alors qu'il se trouvait dans le Code pénal du Nyambara. Cet article avait été très peu utilisé dans des procédures judiciaires, c'était une grande première également pour un homme politique. Les avocats de la défense de l'opposant se réjouissaient du fait que les chefs d'accusation de viols répétés et de menaces de mort avaient été rejetés. Toutefois, leur client courait toujours le risque d'une peine d'emprisonnement, et, pire encore, il pouvait être rendu inéligible aux prochaines élections présidentielles. Ils décidèrent de déposer un appel pour ce jugement qu'ils considéraient comme politique. Ils avancèrent que le juge n'avait rien de concret comme preuve pour le condamner à une peine de prison ferme, pour un délit qu'ils qualifiaient d'inexistant. Un bras de fer judiciaire allait s'enclencher désormais du côté des avocats d'Omiba Sanda, mais ses partisans et sympathisants, répartis dans tout le pays, allaient descendre sur le terrain, ce qui signifiait la rue, pour manifester leur courroux en réponse au verdict polémique du procès.

Sefu Mandeba, en bon stratège politique, voulut anticiper sur la colère de la population nyambaroise après la condamnation de son farouche opposant. Il mit en œuvre un dialogue national, auquel il convia toutes les franges de la société. Il y avait à cette rencontre des religieux, des politiques, des acteurs de la société civile, des chefs traditionnels, des représentants syndicaux, et de simples citoyens. Ils furent conviés dans un complexe flambant neuf conçu exclusivement pour la tenue de tels évènements, c'était une des fiertés du président. Il avait annoncé clairement son intention de réconcilier toutes ces franges de la société pour garantir la paix et la quiétude dans le pays. L'opposition radicale avait boycotté l'évènement, seule une opposition de façade très proche du président avait daigné répondre à son invitation. Ils passèrent une journée à dialoguer, à parler de leurs problèmes, de leurs aspirations, Sefu Mandeba les réconfortant à coup de belles paroles et de promesses lunaires qu'il n'était guère certain de pouvoir tenir. Il voulait les endormir, il avait pour but de les rendre amorphes au climat social délétère qui régnait dans le pays, il voulait les abreuver d'espoir pour qu'ils soient dociles.

La frange la plus sensible de la population nyambaroise, qui en constituait la majorité, la jeunesse, était déjà dans la rue, hurlant sa colère, pillant, détruisant, tel un ouragan dévastateur. Ils étaient désormais en ordre de guerre contre le pouvoir et contre tout ce qui représentait l'administration de Sefu Mandeba. Ils occupaient les rues en groupes, brulant des pneus et des débris de bois au milieu des routes pour empêcher le trafic. Un fait étrange était noté par les journalistes, des individus en civils, détenant des armes de guerre circulaient dans la capitale. Ils avaient pour ordre de disperser les manifestants et de protéger certains lieux privés appartenant à des dignitaires du régime de Sefu Mandeba. Ces individus semblaient ne guère appartenir aux forces de l'ordre du Nyambara, ils ressemblaient plus à des mercenaires, à des bandits de grand chemin recrutés pour exécuter de basses besognes, et des tâches sanguinaires. Un vent de panique dominait la capitale, encore une fois le sang allait couler, au nom de la liberté et de la justice. Les manifestants s'engagèrent à faire la fête à tout mercenaire qu'ils captureraient, car il s'agissait de civils, comme eux, et qu'ils avaient le droit de manifester leur colère.

Un manifestant reçut une balle perdue alors qu'il rentrait de la prière, dans un quartier populaire de Soroké, ce qui attisa la colère des manifestants. Pour empêcher toute communication entre les jeunes qui utilisaient en masse les réseaux sociaux pour relayer les informations sur le terrain des manifestations, des restrictions furent imposées par le ministre de la Communication sur tous les réseaux sociaux, limitant l'accès à quelques heures dans la journée. Il y avait clairement une volonté de réduire au silence les échos des champs de batailles urbaines du Nyambara. Le gouvernement promit un rétablissement de l'ordre public dans les plus brefs délais, menaçant de sanctions sévères tout manifestant qui serait appréhendé. Ainsi des rafles furent organisées par les forces de l'ordre dans toutes les grandes villes, tout individu qui portait le moindre signe d'appartenance au parti d'Omiba Sanda, même une couleur sur les habits, était arrêté et jeté à l'arrière de leur fourgonnette bondée de manifestants conscients qu'ils allaient passer un sale quart d'heure entre leurs mains. Des actes de tortures étaient relatés par des familles de manifestants, qui avaient trouvé leurs tiers après leur arrestation, avec des membres cassés et des visages tuméfiés.

Les organisations de la société civile qui prônaient la défense des droits de la personne sonnèrent l'alarme en dénonçant un pouvoir qui usait à l'excès de la force répressive de l'État. Ils rédigèrent des communiqués à l'endroit de la communauté internationale sur la situation chaotique qui régnait dans le pays. Après son dialogue national qui n'avait pas eu l'effet escompté sur la jeunesse, Sefu Mandeba voulait en finir avec son opposant qui était en résidence surveillée depuis son retour forcé du Makonga. Il avait fait peser une épée de Damoclès sur sa tête depuis l'annonce du verdict de son procès contre Lina Kambara. Le ministre de la Justice du Nyambara avait signifié, dans un communiqué public, qu'Omiba Sanda pouvait être arrêté à tout moment. Ce dernier était toujours barricadé dans sa résidence, son quartier entier était bouclé par des centaines d'hommes en tenues et des blindés. Les membres de sa famille devaient montrer patte blanche au niveau des points de contrôle improvisés, pour pouvoir vaquer à leurs occupations. Les habitants du quartier étaient également systématiquement fouillés, ils étaient en état de siège.

Ce fut dans ce contexte anxiogène, angoissant, qu'Omiba Sanda commit une erreur qui allait précipiter les choses. Il eut un accrochage vif et intense avec un élément des forces de l'ordre qui étaient stationnées au pas de sa porte. Ce dernier prenait des images de lui et de sa famille, de retour de la mosquée, ce qui mit hors de lui l'opposant, il voulait faire valoir son droit à l'image et il voulait exiger le respect de sa vie privée. Il faillit en venir aux mains avec l'agent qui était une femme. Lorsque les autres éléments des forces de l'ordre stationnées dans le quartier furent au courant de cette altercation, ils demandèrent des ordres pour pouvoir intervenir. Ils reçurent l'ordre de patienter. Il était seize heures de l'après-midi. Omiba Sanda, sans se douter de ce qui se tramait contre lui, rentra dans sa résidence avec sa famille. Il était perturbé par cette petite altercation qu'il avait eue avec la dame de la police, mais il n'imaginait guère les conséquences que cela allait avoir sur sa situation.

La hiérarchie de la police était pendant ce temps en train de préparer une opération contre le domicile d'Omiba Sanda. Ils avaient reçu le feu vert pour son incarcération à la prison centrale de Soroké. Ils n'allaient guère lésiner sur les moyens pour l'extraire de chez lui et le conduire directement à la prison, la police avait fait appel pour l'occasion à une unité d'élite spécialisée dans ce genre de mission périlleuse. L'opération devait se dérouler en pleine nuit pour qu'il n'y ait aucune possibilité de mobilisation immédiate de ses partisans lors de son arrestation et de son transfert vers sa cellule de prison. Toute l'opération devait se dérouler dans le plus grand silence.

Cette nuit-là, Omiba Sanda enregistra une vidéo à l'intention de ses partisans, leur confiant les rênes du parti, leur indiquant également des directives claires en vue de leur participation à l'élection présidentielle. Il exhorta dans cette vidéo les nyambarois à la résistance face à la confiscation de leurs droits et à la dilapidation de leur bien commun. Il désigna Sefu Mandeba comme le principal instigateur de l'instabilité qui régnait dans le pays, il dénonça avec véhémence ses manigances et complots perfides dans le but de conserver le pouvoir. Il finit par désigner un de ses lieutenants comme candidat du parti au cas où il serait frappé d'inéligibilité après sa condamnation. Cette vidéo ne devait être diffusée que s'il était arrêté et incarcéré, sinon personne ne devait la voir.

L'unité d'élite préparait avec ardeur son assaut sur le domicile de l'opposant le plus en vue du

Nyambara. Ils étaient armés jusqu'aux dents, vêtus de tenues de combat, encagoulées, et en bon nombre. Ils étaient prêts à remplir leur mission. Le signal fut donné par l'officier en chef de l'unité et leurs grosses voitures noires aux vitres teintées s'ébranlèrent vers la résidence d'Omiba Sanda. Les unités déjà en place dans le quartier, qui tenaient les barricades installées depuis des semaines, avaient préparé le terrain. Ils étaient en alerte malgré l'heure avancée de la nuit, ils ne voulaient pas que l'opération attire des curieux dans le quartier, tout devait se passer très vite.

Les voitures du convoi des forces spéciales arrivèrent à toute allure dans le quartier. Ils se garèrent devant la porte, les éléments de l'unité d'élite en sortirent en trombe avec leurs armes. Ils défoncèrent la porte de la maison, puis s'introduisirent sans crier gare. La famille de l'opposant recherché était réunie dans une véranda en train de discuter, mais le bruit occasionné par les policiers en défonçant la porte les avait tous fait sursauter de frayeur. Omiba Sanda, qui était déjà couché à l'étage, s'était réveillé en urgence, il avait dévalé les escaliers pour voir ce qu'il se passait dans sa maison. Il fut accueilli par les éléments des forces spéciales qui lui intimèrent l'ordre de ne pas leur résister et de les suivre. L'officier en chef signifia à l'opposant qu'il était sous le coup d'un mandat d'arrêt émis par le juge et qu'il devait rejoindre sa cellule à la prison centrale de Soroké. Omiba Sanda, qui était de nature calme, eut du mal à garder son sang-froid, il dénonça les méthodes utilisées pour exécuter ce mandat d'arrêt, il assimila leur opération à un acte de banditisme et de terrorisme contre lui et sa famille.

L'officier en chef lui signifia qu'ils n'avaient pas beaucoup de temps, et qu'il devait l'amener en prison même s'ils devaient utiliser la force, c'était les ordres qu'il avait reçus de sa hiérarchie. La famille de l'opposant s'était dispersée à la vue du commando qui prenait d'assaut leur maison, les femmes et les enfants criaient, les quelques hommes présents dans la demeure vociféraient, tout en tentant de s'opposer à l'arrestation du leader de l'opposition. Ce dernier s'adressa à l'officier en chef, il lui demanda quelques minutes pour qu'ils puissent s'apprêter et les suivre. Ce dernier acquiesça à sa demande. Omiba Sanda disparut quelques minutes, puis réapparut, habillé d'un t-shirt, d'un jogging et de baskets. Il dit aux policiers qu'il était prêt à les suivre. Deux éléments de l'unité d'élite s'avancèrent jusqu'à lui, ils lui tinrent les bras, puis le firent avancer rapidement vers la porte de sortie, qui était en miettes. Une fois dehors, une des voitures du convoi accueillit le leader de l'opposition, pris en sandwich entre deux énormes policiers. Le convoi s'ébranla dans la nuit, laissant la famille de Sanda effondrée. Les cris des femmes et des enfants résonnaient dans la nuit, le quartier commença à se réveiller, certains voisins étaient déjà sur le pas de leur porte pour s'enquérir de la situation qui prévalait dans la demeure des Sanda. La surprise était générale, personne ne s'attendait à l'arrestation d'Omiba Sanda au beau milieu de la nuit. Ainsi venait de débuter son séjour carcéral, qui promettait de nombreux rebondissements.

Des arrestations arbitraires avaient lieu partout dans le pays. Les éminents membres du parti de l'opposant le plus en vue du Nyambara étaient arrêtés sans raison valable. Sefu Mandeba voulait en finir avec le parti de son pire cauchemar, il voulait les décimer, les réduire à néant. Des responsables de cellules du parti dans tout le pays étaient persécutés, menacés, agressés, et jetés en prison. C'était la débandade. Des partisans de Sefu Mandeba appelaient les forces de l'ordre pour dénoncer des membres du parti de Sanda, disant qu'ils avaient participé à des manifestations et qu'ils avaient saccagé des biens appartenant à autrui, c'était de la délation pure et simple. Le pays était au bord de la guerre civile, les deux camps politiques majeurs s'affrontaient quotidiennement à coups de pierres et fusils automatiques. Des milices armées de fusils d'assaut s'en prenaient à des individus dans les grandes villes, en les pourchassant et en les battant violemment. La situation devenait de plus en plus explosive.

Sefu Mandeba surprit son monde en décidant de la dissolution pure et simple du parti d'Omiba Sanda. Son ministre responsable de l'intérieur et des affaires politiques avait rendu public le décret qui faisait mention de cette décision historique. Encore une fois, le leader de l'opposition était la victime du pouvoir tyrannique de Sefu Mandeba. Cette nouvelle provoqua un séisme dans tout le Nyambara, elle faisait la une de toutes les informations dans le pays. Les analystes politiques, les représentants de la société civile, l'opposition radicale, considéraient la dissolution du parti du leader de l'opposition comme un grave recul démocratique. Ils affirmèrent que cela donnait une mauvaise image de la pratique démocratique de Sefu Mandeba à la communauté internationale, aux bailleurs de fonds. Le président tyrannique ne tint guère compte de toutes ces condamnations, il maintint sa décision de dissoudre le parti de son plus féroce opposant et de liquider tous leurs biens. Ainsi, il posait un acte de plus qui soulevait l'ire de la population, surtout ceux épris de justice et de démocratie.

Comme à son habitude, Sefu Mandeba utilisait la stratégie du bâton et de la carotte avec le peuple nyambarois. Après avoir dissout le premier parti de l'opposition, il annonça publiquement qu'il ne se présenterait pas à l'élection présidentielle pour briguer un troisième mandat. Il venait ainsi de mettre un terme à un débat houleux qui avait duré des mois dans le pays. Beaucoup avaient pensé qu'il ne se dessaisirait pas aussi facilement du pouvoir, même Omiba Sanda avait avancé cela. D'autres pensaient à une stratégie pour calmer l'opinion, pour ensuite se dédire et forcer sa participation à l'élection présidentielle. Il en était capable. Les nyambarois avaient largement eu le loisir de voir à quel point leur impopulaire président était sadique et tyrannique, il n'hésitait jamais à user la force que lui procurait le pouvoir que le peuple lui avait confié pour les mater et leur imposer sa politique de la terre brûlée. Sefu Mandeba voulait s'éviter les foudres de la communauté internationale et des bailleurs de fonds, c'était pourquoi il voulait donner l'impression de tout faire pour apaiser le climat social du pays. La triste vérité était qu'il était à l'origine de tous les troubles qu'il y avait eu dans le pays, il en était l'instigateur, lui et ses hommes de main.

Malgré le tollé qu'avait créé son arrestation et la dissolution de son parti, Omiba Sanda fut envoyé au pavillon spécial de la prison centrale de Soroké. Il allait commencer un séjour carcéral qui devait durer deux longues années. Malgré tout l'acharnement du pouvoir contre lui et son parti, il restait stoïque, il gardait foi en son projet pour le Nyambara, même si, avec son jugement par contumace, il était frappé d'une inéligibilité après sa condamnation. Ainsi, tout le peuple commençait à douter de sa capacité à sortir de l'énorme traquenard que lui avait tendu son rival politique logé au Palais de la République de Soroké. L'avenir politique de l'opposant naguère promis à une éclatante carrière politique était bien sombre. Lui et ses partisans étaient dominés dans la bataille, ils avaient fait beaucoup de sacrifices, leur liberté, leur santé, et même leurs vies, pour la justice et la liberté, mais cela n'avait pas suffi, ils étaient au pied du mur.

La fin de la bataille semblait annoncer la défaite de l'opposant Omiba Sanda. Tous ses lieutenants étaient en prisons, de même que la majorité des responsables de son parti dissout. L'élection présidentielle approchait à grands pas, il ne restait plus que quelques mois avant sa tenue. Le Nyambara était divisé, une frange de la population souffrait d'avoir été battue, torturée, gazée, tuée par les forces de l'ordre, tandis que l'autre frange de la population, membre du parti présidentiel, de ses alliés et leurs familles vivaient dans un cocon, clamant partout et tout haut que tout allait bien dans le pays. Ils assimilaient l'opposition radicale dirigée par Omiba Sanda, comme une organisation terroriste, ils les accusaient de saccager et de détruire les biens publics comme privés. Ils avaient recruté des hommes de main, leur avaient donné des voitures et des armes de guerre pour qu'ils sillonnent les rues des grandes villes du pays dans le but de mater les manifestants. Les bavures policières étaient devenues monnaie courante, faisant craindre une escalade de la violence chez les manifestants qui n'arrêtaient pas de compter leurs blessés et leurs morts.

Omiba Sanda fit de nouveau l'objet d'une plainte de la part d'un éminent membre du parti de Sefu Mandeba. Il avait accusé ce dernier d'être au cœur d'une affaire d'escroquerie foncière, de faux et usage de faux, avec un préjudice estimé à près d'une centaine de milliards. Il s'était rangé aux côtés d'une famille qui avait été spoliée de ses terres sans aucune procédure et sans fondement légal. Il avait rendu publique l'affaire, en citant les ministres et directeurs de Sefu Mandeba qui étaient mouillés dans cette affaire. L'un d'eux, qui s'était particulièrement senti visé par ces accusations, avait porté plainte auprès du procureur de la République pour diffamation. L'affaire devait être jugée alors qu'Omiba Sanda dormait déjà dans sa cellule du pavillon spécial de la prison de Soroké.

Acculé, poussé au bord du vide par la machine judiciaire impitoyable de Sefu Mandeba, il décida d'observer une grève de la faim depuis sa cellule. Il n'accepterait plus de s'alimenter, ne buvant que de l'eau. C'était sa manière à lui de poursuivre son combat. Il était hors de question qu'il s'avoue vaincu devant son adversaire tyran, il était prêt à aller jusqu'au sacrifice ultime. Ses partisans et sympathisants étaient inquiets depuis l'annonce de sa grève de la faim, ils étaient impuissants devant la détresse de leur leader. Sa famille également était atterrée, ils ne comprenaient pas l'acharnement que subissait l'un des leurs, juste parce qu'il aimait le Nyambara et qu'il voulait le débarrasser de la corruption, de l'injustice et de la mal-gouvernance. Ses partisans les plus extrémistes promettaient l'enfer à Sefu Mandeba et aux membres de son gouvernement s'il arrivait un malheur à leur leader. La nouvelle de la grève de la faim d'Omiba Sanda fit le tour du pays, les médias internationaux en parlaient également. Les défenseurs des droits de l'homme, les membres de la société civile, se disaient inquiets par rapport à la situation du leader de l'opposition du pays, ils craignaient de graves heurts s'il lui arrivait quelque chose. Cette crainte était légitime puisqu'il avait le soutien de la presque totalité des jeunes du pays, qui constituaient la majorité de la population. Ces jeunes étaient déterminés, courageux et aguerris au combat de rue, comme leur leader devant Sefu

Mandeba, ils ne se laissaient pas mater par les forces de l'ordre ou bien les milices du parti présidentiel. Ils étaient prêts à mourir pour leurs convictions qui se cristallisaient en Omiba Sanda.

Après quelques jours de grève de la faim, Omiba Sanda tomba gravement malade. Il fut évacué dans un pavillon spécial de l'hôpital général de Soroké. Les rumeurs faisaient état d'une perte de conscience totale pour lui, certains affirmaient qu'il était dans un profond coma, d'autres qu'il était sur son lit de mort. Cette récente nouvelle plongea le Nyambara dans une profonde détresse. L'homme, sur qui ils avaient mis beaucoup d'espoir ces dernières années pour qu'il transforme le pays, se trouvait à deux doigts de rejoindre ses ancêtres. Il était encerclé de toute part, sans aucune marge de manœuvre, sans aucun espoir, sans aucune issue possible. Il était sous oxygène sur un lit d'hôpital, jalousement gardé par ses geôliers. Jamais un leader politique n'avait fait preuve d'un tel courage. Personne ne s'était montré aussi résistant face au pouvoir. Avec Omiba Sanda, la scène politique nationale s'était complètement métamorphosée, elle était devenue un lieu d'expression des idées, des visions et des ambitions concernant l'avenir du pays. Il aimait cette terre qui l'avait vu naitre, qui l'avait nourri de ses délicieux fruits, qui l'avait vu tout perdre dans son combat pour lui rendre ses lettres de noblesse. Son sens du devoir dépassait l'entendement, il était l'homme politique qui s'était le plus distingué depuis que le Nyambara avait arraché son indépendance à l'envahisseur blanc. Mais il avait eu la malchance de se confronter à Sefu Mandeba, un président sans foi ni loi, qui brisait ses adversaires politiques à coup de jeux de malice et de perfidie. Il en avait fait les frais, il était couché sur un lit d'hôpital entre la vie et la mort, loin de sa famille, de ses partisans et sympathisants.

Les Oracles de Zangala avaient parlé au peuple nyambarois dans un communiqué officiel diffusé sur tous les médias, ils avaient appelé au calme et à la retenue. Ils avaient rappelé à la population la tradition séculaire du dialogue sur la terre du Nyambara. Les ancêtres savaient toujours où se retrouver, c'était sous l'arbre à palabres, au centre du village, pour régler leurs conflits. C'était toujours ainsi depuis la nuit des temps. Ils appelèrent Sefu Mandeba à plus de retenue et d'empathie dans l'exercice de son pouvoir, lui rappelant ses origines à Zangala et la bonne éducation qu'il y avait reçue. Ils assurèrent l'opinion publique qu'ils étaient en train de tout faire pour assurer la bénédiction et la protection du pays à travers leurs quotidiennes intercessions auprès des esprits des ancêtres. Ils le supplièrent de faire grâce à tous ceux qui étaient poursuivis dans le cadre de la politique et des récentes manifestations qui avaient souillé la terre des ancêtres de sang et de larmes. Ils félicitèrent Omiba Sanda pour son engagement sans faille pour le Nyambara, ils l'encouragèrent dans sa mission en saluant son esprit patriotique, tout en l'appelant à jouer le jeu de l'apaisement pour ne pas embraser le pays. Ainsi se résumait le message des Oracles de Zangala.

Le Conseil des Sages de Makonga, qui avait averti Omiba Sanda du danger qui le guettait lors de son retour vers Soroké après la visite de son fief, ne fut pas en reste. Ils demandèrent plus de considération pour leur digne fils, qui n'avait commis aucun crime à part celui d'aimer son pays et de se battre pour lui. Ils assurèrent qu'ils allaient tout faire pour le protéger. Ils demandèrent clémence auprès de Sefu Mandeba afin qu'il gracie tous ceux qu'il avait emprisonnés pour des raisons politiques. Ils lui demandèrent également de faire retirer les blindés de la police qui assiégeaient les rues de Makonga, et d'arrêter de tirer à balles réelles sur les jeunes manifestants. Ils jurèrent de faire appel aux esprits des aïeux afin qu'une harmonie retrouvée règne rapidement sur ce territoire, unissant ainsi tous ses habitants, faisant disparaître à tout jamais les divisions politiques. Ainsi avait parlé le Conseil des Sages de Makonga. Tous espéraient que la parole des

Oracles de Zangala et celle du Conseil des Sages de Makonga seraient entendues par Sefu Mandeba.

La communauté internationale publia elle aussi de nombreux communiqués pour le gouvernement, exprimant sa vive inquiétude quant aux évènements survenus dans le contexte politique, ayant entrainé la mort ou des lésions graves chez plusieurs dizaines de manifestants. Ils appelèrent le président du Nyambara à éviter l'usage disproportionné de la force pour réprimer les manifestations. Ils rappelèrent aux dirigeants du Nyambara que le peuple avait le droit de se rassembler, de s'associer, de manifester sans qu'ils soient l'objet d'une violence aveugle de la part des forces de l'ordre. Ils exhortèrent ainsi Sefu Mandeba à veiller au respect des droits de la personne et de leur dignité, en faisant abstraction des actes de tortures et de déshumanisation contre les manifestants arrêtés. La communauté internationale appela l'opposition radicale au dialogue avec le pouvoir pour trouver des terrains d'entente et régler les conflits politiques. Il les appela à s'opposer sans pour autant détruire les biens d'autrui, sans exercer de violence, en faisant appel au sens du dialogue et de la communication dans l'espace politique nyambarois. Ces communiqués pesaient lourd sur la balance, ils provenaient, pour la majorité, de pays qui étaient des bailleurs de fonds, des investisseurs, et qui avaient des intérêts sur la terre du Nyambara. Ils ne pouvaient laisser prospérer un conflit politique qui pouvait à tout moment dégénérer en une guerre civile, ce qui nuirait gravement à leurs investissements. Il fallait qu'ils mettent la pression sur Sefu Mandeba pour le ramener à la raison.

L'opinion publique avait beaucoup évolué depuis que des tensions politiques avaient surgi, les nyambarois étaient désormais au fait de tout ce qui se passait dans l'arène politique. Ils avaient vu Omiba Sanda se démener comme un beau diable contre le tout puissant Sefu Mandeba pour que le Nyambara soit débarrassé de la corruption et de la mal-gouvernance. Ils avaient tout vu, certains d'entre eux avaient même payé le prix fort, en perdant leurs outils de travail, ou bien en enregistrant une mort ou un blessé grave dans leurs familles à cause des manifestations politiques. Ils n'avaient plus peur d'exprimer leurs aspirations sur l'avenir du pays, ils avaient été écoutés et réconfortés par la démarche cohérente d'Omiba Sanda depuis ses débuts en politique. Ils avaient été séduits par cet homme rempli de courage, de hargne, qui leur servaient des discours véridiques sur la gestion du pays. Ils l'avaient adopté, ils l'avaient choisi comme celui qui devait libérer le pays de la politique partisane et malhonnête qui avait pour but principal de servir et d'enrichir ceux qui détenaient le pouvoir. Ils avaient espoir en lui pour qu'il éradique l'injustice, et le favoritisme dans le système administratif national.

Même s'il avait fait tout son possible pour exclure Omiba Sanda de la course à la présidence, Sefu Mandeba était lui-même l'objet de critiques acerbes provenant de tous les côtés. Il n'avait pas réussi à enterrer son principal opposant dans l'indifférence générale comme il le voulait, l'opinion nationale et internationale s'était dressée contre lui, il était désormais dos au mur. Il était pris dans son propre piège. Depuis qu'il avait commencé à comploter contre son terrible adversaire, il était devenu un paria, qui était considéré par beaucoup, comme un dictateur, un tyran sanguinaire, qui n'hésitait pas à verser le sang de ses compatriotes pour avoir gain de cause.

Sefu Mandeba allait-il empêcher Omiba Sanda de se présenter à l'élection présidentielle ?

Omiba Sanda serait-il en mesure de réaliser son rêve de devenir le président du Nyambara ?

Qui allait remporter cette guerre entre deux entités politiques aux idéologies diamétralement opposées ?

Chapitre 9 : La chute du tyran

Sefu Mandeba se trouvait maintenant au cœur de la tourmente. La fin de son deuxième mandat était chaotique, il était en guerre sur plusieurs fronts, avec un risque accru d'embrasement dans tout le Nyambara. Il ne restait plus que quelques mois avant le scrutin présidentiel qui devait désigner son successeur. Après avoir renoncé au troisième mandat, il plébiscita un de ses lieutenants, pour être le candidat de sa coalition. Ce choix avait créé beaucoup de tensions au sein de son parti et de sa coalition. Le candidat qu'il avait désigné était fortement contesté, il ne faisait guère l'unanimité au sein des cadres et des militants. Ce dernier avait été pendant longtemps le ministre de l'Économie et des Finances du Nyambara, mais d'après certains, il n'avait guère la carrure d'un présidentiable. Leur argument était que la coalition au pouvoir comptait de bien meilleurs profils que le candidat choisi par le président tyrannique, ils avançaient qu'il n'avait aucune base populaire ni une légitimité politique, c'était un haut fonctionnaire de l'état qui s'était jeté dans la mare politique par opportunisme. Il voulait juste faire bondir sa carrière le plus rapidement possible et bénéficier par la même occasion des privilèges de l'état du Nyambara.

Beaucoup de cadres et de membres éminents du parti de Sefu Mandeba firent défection à la coalition présidentielle en rejoignant les rangs de l'opposition. Certains étaient mécontents de l'injustice et de la tyrannie qu'il faisait subir à la population, d'autres étaient frustrés par le choix qu'il avait porté sur le candidat mal aimé pour les présidentielles. Sa coalition se vidait à vue d'œil, les militants n'étaient pas en reste, ils étaient solidaires des nyambarois qui subissaient des violences policières, et qui croupissaient par milliers dans toutes les prisons du pays. Sefu Mandeba était de plus en plus isolé, il passait la majorité de son temps à voyager. Aucun membre de son parti ne le soutenait publiquement dans ses actions, ils étaient tous silencieux, observant la marche des choses, attendant le dénouement de cette profonde crise politique qui secouait le Nyambara et dont il était le seul responsable. Ils avaient peur de prendre position publiquement, de crainte que les manifestants ne les attaquent ou que les dignitaires religieux et traditionnels, qui ne cessaient d'appeler au calme sur la scène nationale, ne les réprimandent.

Les nyambarois avaient porté le combat contre les dérives ignobles du régime de Sefu Mandeba partout dans le monde, ils étaient très en colère contre leur président à cause des violences qui avaient émaillé le pays durant les manifestations des partisans d'Omiba Sanda. Ils étaient déterminés à montrer son vrai visage de tyran au monde entier pour qu'il soit jugé pour ses actes barbares contre la population nyambaroise. Des manifestations étaient organisées quotidiennement dans des pays étrangers pour dire non à la dictature et à la tyrannie de Sefu Mandeba. Ils s'informaient sur les déplacements du président à l'étranger et s'organisaient pour lui réserver un accueil digne de ses méfaits. Durant un de ses déplacements dans un pays étranger, le président du Nyambara reçut de la farine au visage face à un nyambarois mécontent qui lui demandait des comptes sur les nombreux morts par balles durant les dernières manifestations. Les nyambarois squattaient la devanture de son hôtel pour le huer dès qu'il mettait un pied dehors. La pression devenait de plus en plus intense sur lui, il n'avait aucun répit, les manifestations de nyambarois mécontents le suivaient partout dans ses déplacements à l'intérieur comme à l'extérieur du pays.

Omiba Sanda, qui était toujours alité au pavillon spécial de l hôpital général de Soroké, fit diffuser la vidéo qu'il avait enregistrée juste avant son arrestation et son incarcération. Dans cette vidéo, il expliquait la marche à suivre pour les présidentielles. Il était désormais sûr de ne pouvoir se présenter à cette élection comme candidat après sa condamnation pour corruption de la jeunesse. Il était de facto inéligible malgré les nombreux recours déposés par ses avocats. Ils étaient même allés devant la Cour Suprême du Nyambara pour casser ce verdict, mais ils n'avaient pas eu gain de cause. Omiba Sanda était désormais sûr qu'il ne serait pas le prochain président du Nyambara, mais il avait anticipé sur ce scénario en désignant un de ses lieutenants comme candidat indépendant puisque son parti avait été dissous. Ce dernier était peu connu du bataillon, mais il bénéficiait de la confiance totale de son chef de parti, qui l'avait désigné comme celui qui devait porter le projet pour le Nyambara. Il invita tous les nyambarois dans la vidéo, à faire bloc autour de son candidat pour que Sefu Mandeba et son candidat qui représentaient le système de la corruption et de la mal gouvernance soient vaincus.

Tariq Mwamba était le candidat désigné par Omiba Sanda, il devait sauver la face de l'opposition radicale lors du scrutin présidentiel. Seulement, le sauveur du projet d'Omiba Sanda croupissait également dans une cellule de la prison centrale de Soroké. Il avait été arrêté dans son bureau d'inspecteur des finances, par un commando, qui l'y avait extirpé, puis l'avait jeté en prison. La raison de son arrestation était un message publié sur les réseaux, dans lequel il s'attaquait violemment à la justice nyambaroise et aux magistrats, surtout ceux qui étaient en charge du dossier d'Omiba Sanda. Il avait dénoncé une justice partisane et aux ordres du pouvoir exécutif que représentait Sefu Mandeba. Mais il n'était pas frappé d'inéligibilité puisqu'il n'avait même pas été condamné par une décision de justice, il était en attente de son procès, comme des milliers d'autres nyambarois arrêtés pour des raisons politiques. Tariq Mwamba était connu pour son franc-parler, et sa rigueur dans le travail, il avait été collègue d'Omiba Sanda au ministère des Finances durant une bonne vingtaine d'années. Ils s'étaient liés d'amitiés depuis lors. Le candidat désigné par le leader de l'opposition avait été de tous les combats à ses côtés, depuis la création du syndicat des agents du ministère des Finances, jusqu'à la création de leur parti politique. Ils avaient cheminé ensemble dans l'opposition radicale à Sefu Mandeba, jusqu'à ce qu'ils soient tous les deux jetés en prisons. Tout le Nyambara, les militants de leur parti en premier approuvaient ce choix, ils étaient contents d'avoir un candidat qui représente l'opposition radicale à ces élections.

Le pays était en effervescence à l'approche du scrutin présidentiel, les pronostics allaient bon train pour désigner le vainqueur entre le poulain de Sefu Mandeba, ultra-favori, et le poulain d'Omiba Sanda, le challenger. C'était les deux candidats annoncés les plus en vue, ils monopolisaient toute l'attention des médias nationaux et internationaux. Tariq Mwamba était toujours en prison à cause de Sefu Mandeba, mais il suscitait beaucoup d'espoir au sein de la population, car il incarnait tout ce qu'Omiba Sanda avait défendu pendant des années, soit la transparence, la probité morale et intellectuelle, ainsi qu'une profonde aversion pour la corruption et la mauvaise gestion. Tout l'appareil politique de leur défunt parti était à sa disposition, les moyens mobilisés par les milliers de militants dans le monde également. Certains disaient de lui qu'il serait le premier président élu du Nyambara depuis sa cellule de prison. L'opposition radicale avait foi en sa victoire, ils étaient soutenus par la majorité de la population nyambaroise.

Les nyambarois de la diaspora avaient décidé de rendre la vie difficile au président impopulaire Sefu Mandeba. Tous ses déplacements étaient occasions pour eux de manifester leur courroux à son endroit. Des manifestations étaient organisées dans de nombreux pays pour dénoncer sa tyrannie à la tête du pouvoir. Ils déposèrent une plainte auprès du tribunal international pour les droits de l'homme contre lui, pour le très grave motif de crimes contre l'humanité. Ils lui donnaient la responsabilité entière de tous les morts et blessés graves lors des manifestations. Ils estimaient qu'il devait répondre de ses actes devant les juges internationaux de cette cour. Des sit-in, des marches pacifiques eurent lieu dans les grandes capitales du monde, des messages pour revendiquer la liberté d'Omiba Sanda et des milliers de prisonniers politiques étaient mis en exergue sur différents supports. Les manifestants réclamaient également que la lumière soit faite sur les nombreux morts et blessés graves dans le cadre de manifestations pacifiques. Ils se rendirent dans les plus grandes télévisions et radios du monde pour porter la voix du peuple nyambarois partout où elle devait se faire entendre. L'étau se resserrait de plus en plus autour de Sefu Mandeba, la pression sur ses épaules devenait de plus en plus lourde, il n'avait presque plus de marge de manœuvre, il était balloté entre son peuple épris de justice, de liberté, et le monde qui l'observait. Il se devait de trouver une porte de sortie honorable pour éviter d'être classé au ban de l'histoire politique nationale.

Les oracles de Zangala étaient en état de transe perpétuelle depuis que le Nyambara avait sombré dans le chaos politique et social. Ils ne pouvaient assister à ce spectacle sans rien faire, ils se devaient de faire usage de la force spirituelle dont les avaient gratifiés les ancêtres et leurs esprits. Ils s'étaient donné la mission d'anéantir le démon qui avait pris possession du président tyrannique et, pour ce faire, ils devaient faire appel à l'esprit le plus puissant des ancêtres, pour qu'il ramène le démon en enfer. Ils devaient tenir une cérémonie publique, battre le tam-tam, offrir en sacrifice des bêtes sous l'arbre à palabres situé au centre du village de Zangala. Ils voulaient invoquer le maitre des esprits, dénommé Kukumba. Cet esprit était puissant, craint de tous, il était le seul à disposer du pouvoir extraordinaire de faire fuir les démons. Il les enchainait avec des cordes de feu, puis les expédiait dans le plus profond des enfers. Durant cette cérémonie, il devait se manifester à travers l'un des oracles, il devait s'exprimer par sa voix, quand ce dernier plongerait dans une transe profonde.

Lorsque les Oracles de Zangala invoquèrent avec force Kukumba, le vent se leva brusquement soufflant en rafales, le ciel s'assombrit, l'éclair foudroya un arbre dans le village, les enfants coururent se cacher derrière leurs parents, les femmes commençaient à crier de peur, les hommes ouvraient grand leurs yeux sous l'effet de la stupeur. Quelque chose de surnaturel était en train de se dérouler sous leurs yeux. Des frissons parcoururent l'assistance, les Oracles étaient en transe. Leurs yeux étaient devenus tout blancs, leurs corps étaient parcourus de tremblements, ils murmuraient des paroles indéchiffrables pour l'assistance. Le chef des Oracles leva les mains au ciel, puis désigna un autre Oracle qui semblait particulièrement possédé par quelque chose ou quelqu'un. Ce dernier commença à parler avec une voix qui ne pouvait provenir de la bouche d'un humain, elle était gutturale, terrifiante. Ses yeux étaient vides, tous ses membres étaient raides. Il se présenta comme le terrible esprit Kukumba, esprit supérieur des ancêtres, protecteur de la terre du Zangala et du Nyambara. Il était très en colère contre le démon qui habitait Sefu Mandeba, le fils déchu de Zangala. Il promit à toute l'assistance qu'avant de rejoindre sa demeure sur la terre des esprits anciens, il allait anéantir ce démon. Il intima l'ordre aux oracles de faire faire des sacrifices dans toutes les concessions du village, du sucre, du lait, du riz devaient être distribués aux personnes les plus démunies et aux étrangers. Ainsi, le sort de Sefu Mandeba était bouclé, les esprits ne mentaient jamais. La déchéance du tyran du Palais de Soroké était toute proche.

Le conseil des sages de Makonga ne manquait pas non plus au combat mystique. Ils avaient fait beaucoup de sacrifices et des rituels magiques pour libérer le Nyambara du joug de la tyrannie de Sefu Mandeba. Ils avaient fait des prières pour Omiba Sanda, leur fils, et Tariq Mwamba, son poulain, afin qu'ils remportent l'élection présidentielle à venir. Ils implorèrent les esprits du bois sacré pour qu'ils les protègent et les libèrent de leurs cellules respectives. Ils demandèrent à tous ceux qui étaient sous leur tutelle spirituelle à Makonga de soutenir les leaders de l'opposition, qui représentaient à leurs yeux le seul espoir de sortir du règne de la terreur qu'avait fini d'imposer Sefu Mandeba. Les femmes du bois sacré de Makonga participèrent à cette vague de contestation, elles se rendirent dans la capitale du Nyambara, en grand comité, pour un sit-in à la mythique Place Okinda ou Place de la Libération de Soroké. Elles voulaient manifester leur soutien indéfectible à Omiba Sanda, en montrant la belle culture et les traditions millénaires du Makonga. Elles avaient apporté des instruments de musique pour accompagner les chants traditionnels du sud du Nyambara. Elles furent arrêtées et jetées en prison dès qu'elles occupèrent la Place de la Liberté devenue la Place du Musellement d'après les militants d'Omiba Sanda. La liberté d'expression et de rassemblement était désormais des vestiges du passé, elles n'existaient plus. Le seul moyen qui restait au peuple pour exprimer son courroux, et sanctionner le pouvoir de Sefu Mandeba était les urnes.

Sefu Mandeba cogitait pour éviter sa chute qui se précisait de plus en plus. Il avait reçu des rapports des renseignements sur l'opinion de la population par rapport au candidat qu'il avait proposé pour la présidentielle. Ce dernier était donné perdant au premier tour d'après des sondages secrets effectués auprès du peuple. Il ne pouvait se résoudre à perdre le pouvoir au profit de l'opposition radicale incarnée par Omiba Sanda et son candidat Tariq Mwamba. Il se devait de sortir une botte magique de sa veste pour que l'opposition ne gagne pas ces élections cruciales pour son après règne. Le président du Nyambara était conscient qu'il avait franchi beaucoup de lignes rouges au cours de ses douze années d'exercice du pouvoir. Il était comptable de la mort d'au moins une soixantaine de jeunes au cours des manifestations, de même que les blessés graves qui avaient vu leurs vies basculer du jour au lendemain. Il avait fait emprisonner des milliers de nyambarois sans aucun procès, pour des motifs infondés et des infractions inexistantes. Des centaines d'autres s'étaient exilés dans des pays frontaliers pour échapper aux rafles de la police qui ciblaient essentiellement les militants et sympathisants du parti d'Omiba Sanda. L'économie du pays avait été fortement touchée par ces deux années d'instabilité politique, rythmées de saccages, de jours non travaillés, à cause des violents heurts dans les rues. Il n'était pas dupe, il savait qu'il risquait fort d'être poursuivi pour ses actes ignobles en cas de victoire de l'opposition au soir du scrutin. Il réfléchissait au meilleur moyen de sortir indemne de tout cet imbroglio qui se présentait à lui.

Après mûre réflexion, Sefu Mandeba crut trouver la solution pour durer encore au pouvoir le temps de couvrir ses arrières et minimiser les risques de poursuites judiciaires à son endroit. Il décida de manière unilatérale, sans consulter le peuple, ou bien encore l'Assemblée nationale, de reporter le scrutin présidentiel d'au moins dix mois, pour un supposé contentieux concernant des candidats dont les dossiers de candidatures avaient été rejetés. Il avança que ces derniers avaient été lésés par le Haut Conseil des élections, qui avait rejeté leur dossier sans que les motifs soient explicités. Il accusa les magistrats de corruption, les menaçant de faire une enquête pour situer les responsabilités par rapport à cette affaire. Sefu Mandeba voulait désormais se faire le chantre de la démocratie, de l'égalité des chances, de la transparence pour cette élection qu'il était à peu près sûr de perdre. Il avait oublié tous les hommes politiques de l'opposition, emprisonnés dans les geôles du régime, toutes ces manifestations interdites et réprimées à coups de balles réelles et de gaz lacrymogènes. Il utilisait la frustration des candidats logiquement rejetés par le Haut Conseil des élections pour mener à bien son projet diabolique : prolonger son mandat d'une année. Il venait de franchir le Rubicon, jamais dans l'histoire politique du Nyambara une élection présidentielle n'avait été reportée. Malgré tous les remous que ce pays avait connus depuis son indépendance, les calendriers républicains avaient été toujours respectés.

La nouvelle du report des élections créa un tollé immense dans le pays. Sefu Mandeba venait de faire disparaitre le dernier espoir du peuple de se libérer de sa tyrannie. Il venait de leur confisquer leurs droits inaliénables à choisir celui qui préside aux destinées du pays. C'était un véritable coup de massue sur la tête de ces pauvres gens qui avaient déjà tellement souffert sous son règne, leur cauchemar allait encore durer dix longs mois. Il venait d'assombrir à nouveau le ciel au-dessus de la magnifique terre du Nyambara. Cette décision relevait de la provocation pure et simple d'après bon nombre de nyambarois, leur président était en train de jeter de l'huile sur le feu, il voulait exacerber la colère de ceux qu'il gouvernait, il voulait les pousser à bout. Les leaders de l'opposition radicale encore en liberté décidèrent que cela ne passerait pas, que Sefu Mandeba n'avait aucun droit sur le report du scrutin présidentiel. Ils appelèrent toutes les forces vives de la nation nyambaroise à se dresser comme un seul homme et exiger la tenue des élections à la date prévue. Ils appelèrent la population au combat dans la rue pour que le calendrier républicain soit respecté.

Le peuple sortit en masse pour dire non à une prise en otage de leurs voix par Sefu Mandeba, ils exigeaient qu'il rétablisse le calendrier des élections comme l'avait prévu le Haut Conseil des élections. Les manifestations violentes, les saccages reprirent de plus belle dans toutes les grandes villes du pays. Désormais, ils étaient plus nombreux, il ne s'agissait plus d'être pour Sefu Mandeba ou Omiba Sanda, il s'agissait de protéger la démocratie déjà mise à rude épreuve du pays. Tous les leaders d'opinion sortirent des communiqués pour implorer Sefu Mandeba de ne pas s'engager vers une voie dangereuse dont l'issue était incertaine, ils le supplièrent de ne pas aggraver le chaos durant les dix mois où il comptait rester au pouvoir malgré l'expiration de son mandat. Les ambassadeurs de pays étrangers sur le sol nyambarois faisaient part de leur grande inquiétude face à cette situation qui risquait de dégénérer. Ils invitèrent leurs ressortissants à se barricader chez eux pour ne pas risquer de faire les frais de violents manifestants. Les affrontements reprirent entre les jeunes manifestants et les forces de l'ordre, causant la mort de plusieurs personnes et faisant de nombreux blessés graves. Le chaos s'installait progressivement.

Les autorités religieuses et traditionnelles du pays s'adressèrent à Sefu Mandeba. Elles l'appelèrent à la raison et au bon sens, et elles l'invitèrent à tout faire pour sauvegarder la paix et la quiétude des habitants dans tout le pays. Elles lui conseillèrent de maintenir la date du scrutin présidentiel et d'abandonner son idée de report qui risquait de couter très cher au pays. Les partenaires internationaux, les bailleurs de fonds du Nyambara firent part de leur grande inquiétude par rapport à la situation du pays, ils invitèrent toutes les parties à se mettre autour d'une table pour trouver le meilleur moyen de sortir de cette crise politique qui avait déjà trop duré. Ces gens ne s'amusaient guère avec les investissements qu'ils avaient dans le pays et qui risquaient de partir en fumée si le chaos persistait.

Sefu Mandeba était coincé, assailli par la critique et les attaques, aussi bien sur sa terre natale qu'à l'étranger. Il n'avait plus aucune marge de manœuvre, il avait été lâché par la plupart de ceux qui le soutenaient dans les hautes sphères de la république. Il était désormais seul face à ce chaos qu'il avait provoqué en voulant coûte que coûte éliminer Omiba Sanda de la scène politique. Le Kukumba avait triomphé du démon qui le possédait. Il était enfin libéré de ce fardeau. Il devint tout d'un coup conscient de l'ampleur de ses méfaits sur ses concitoyens et sur son pays, le regret s'immisça dans son cœur, que le démon avait endurci comme de la pierre. Il ne lui restait plus qu'à agir pour apaiser l'arène politique nationale. Il fallait rapidement arrêter l'hémorragie et poser des gestes qui adouciraient les cœurs et les esprits des Nyambarois en ce qui concernait l'avenir de leur pays. Il décida d'envoyer un émissaire en prison auprès de son principal opposant pour trouver une solution de sortie de crise. L'heure était à la désescalade.

L'émissaire proposa à Omiba Sanda un plan de sortie de crise, qui, en premier lieu, devait faire libérer tous les prisonniers politiques dans tout le pays, ce serait dans le cadre d'une loi d'amnistie qui devait effacer toutes les poursuites de l'État contre eux. Tous les membres du parti dissous emprisonnés depuis de très longs mois allaient être libérés, les nyambarois arrêtés dans les rues du pays dans le cadre des manifestations allaient également être libérés. Ils étaient des milliers disséminés dans toutes les prisons du pays. Cette décision soulagea énormément la population, qui souffrait beaucoup de voir leurs frères, sœurs, pères, mères, emprisonnés sans aucun procès. Omiba Sanda et Tariq Mwamba faisaient partie des prisonniers à libérer, ce qui soulagea encore plus les nyambarois épris de justice et de démocratie. Ainsi, leur espoir d'élire le candidat choisi par Omiba Sanda restait intact. Des scènes de liesses eurent lieu dans tout le pays à l'annonce de la libération des détenus politiques. C'était une épine de moins sous le pied de Sefu Mandeba.

Il restait à savoir si les élections présidentielles se tiendraient à date échue ou le report prôné par un Sefu Mandeba en plein délire serait maintenu. La Cour Suprême du Nyambara devait trancher sur cette question. Cette décision tint en haleine toute la population. La Cour Suprême du Nyambara était devenue le seul et unique rempart qui restait pour protéger la démocratie et son expression à travers les urnes dans le pays. Ils avaient une responsabilité historique par rapport à ce qui allait suivre l'annonce de leur verdict. Deux scénarios se présentaient, le premier étant que leur verdict déboute les candidats avec des dossiers litigieux, qui avaient déposé un recours, pour maintenir la date que le Haut Conseil des élections avait indiquée, c'était ce qu'attendaient tous les nyambarois, le respect du calendrier républicain. Le deuxième scénario était ce que la population redoutait le plus, c'est-à-dire la validation du recours des candidats mécontents, légitimant par la même occasion le report du scrutin présidentiel pour donner du temps au Haut Conseil des élections d'examiner à nouveau les dossiers litigieux.

Pendant ce temps, à l'Assemblée nationale, où Sefu Mandeba possédait toujours une majorité écrasante, le projet de loi sur l'amnistie avait été approuvé, ce qui avait déclenché la libération des prisonniers politiques. Les familles de prisonniers les attendaient avec impatience devant les prisons du pays, les libérations en masse de manifestants étaient imminentes. Les premiers prisonniers politiques à franchir les portes de la prison centrale de Soroké reçurent une forte ovation de la part des familles massées derrière les barricades. Ils étaient heureux de revoir les êtres chers qui avaient été arrachés à leur affection sans aucune raison valable. Les prisonniers libérés faisaient le signe de la victoire à la foule, avec des sourires qui montraient leur détermination à continuer le combat pour lequel ils avaient été emprisonnés. Sefu Mandeba avait échoué à remplir sa mission. Il n'avait pas réussi à briser cette foule de jeunes gens idéalistes, désireux d'instaurer la justice, la liberté et la démocratie dans leur pays, afin qu'il sorte de la pauvreté, de la corruption et de la mauvaise gestion qui le tenaient prisonnier depuis son indépendance. Ils étaient prêts à reprendre la campagne pour soutenir Tariq Mwamba, qui incarnait l'espoir de tout un peuple de se libérer de l'oppression.

L'ère Sefu Mandeba tirait à sa fin, la libération était proche. Le jour de l'annonce du verdict de la Cour Suprême du Nyambara arriva, ce jour devait rester gravé dans l'histoire du pays, qu'importe la décision prise par les magistrats expérimentés de cette cour de justice. Ce jour-là, un calme inhabituel régnait dans toute la ville de Soroké, naguère si bruyante. On pouvait entendre le chant des oiseaux et le souffle du vent, il n'y avait pas grand monde dans les rues et sur les routes goudronnées. Les activités tournaient au ralenti, beaucoup craignaient pour leurs vies et leurs biens en cas de manifestations dans les rues. Les entreprises avaient accordé un jour de congé à leurs employés pour prévenir les difficultés de transport dans les grandes villes. Le pays était quasi à l'arrêt suspendu à la décision de le Cour Suprême du Nyambara. La conférence de presse des magistrats débuta devant des centaines de journalistes qui retransmettaient la séance dans tout le pays et à l'étranger. Tout le pays retint son souffle devant les télévisions et les radios. Les magistrats avaient communiqué qu'ils avaient refusé la demande de réexamen des dossiers litigieux présentée par les candidats mécontents. Ces derniers étaient donc exclus de la course à la présidence. Ils avaient également confirmé que l'élection aurait lieu à la date prévue, avec les candidats ayant été approuvés par le Haut Conseil des élections du Nyambara, et avaient fixé les modalités de son organisation. Un tonnerre de cris de joie gronda dans tout le pays. Les gens sortirent en masse dans les rues pour exprimer leur joie et leur soulagement à la suite de cette décision historique.

Sefu Mandeba avait perdu la guerre, il était à terre. La Cour Suprême du Nyambara avait été le mur sur lequel il s'était écrasé dans son élan dictatorial. Il ne tenait plus les rênes de ce pays. Il était devenu le premier spectateur de sa propre décadence. Son candidat était donné perdant dans tous les sondages qu'il avait fait réaliser, la victoire de Tariq Mwamba semblait inéluctable. Il avait peur pour lui et pour ses proches. Omiba Sanda avait promis de poursuivre en justice tous ceux qui avaient détourné des fonds durant l'exercice du pouvoir de Sefu Mandeba. Cette perspective ne l'enchantait guère puisqu'il avait impliqué les membres de sa famille proche dans la gestion des affaires de l'État. Lui avait déjà trouvé une porte de sortie en cas de défaite à la présidentielle, il s'était fait recruter par le président du pays qui avait colonisé le Nyambara comme un représentant auprès des institutions internationales. Il ne pouvait être poursuivi en justice en tant qu'ancien président sauf en cas de haute trahison, mais les membres de son parti impliqués dans l'exercice du pouvoir durant ses douze années de règne sanguinaire avaient une épée de Damoclès sur la tête.

Omiba Sanda et Tariq Mwamba, ainsi que de nombreux autres responsables du parti dissous, furent libérés. Ce fut un jour historique pour le peuple nyambarois, qui considérait ces membres de l'opposition comme de dignes fils de cette terre ancestrale du Nyambara. Ils reçurent un accueil populaire dès leur sortie de prison. Une caravane populaire fut improvisée sur le trajet qui les menait vers un grand hôtel de la ville de Soroké. Le peuple considérait la libération de ces hommes politiques comme une victoire de la démocratie sur la tyrannie et le pouvoir dictatorial de Sefu Mandeba. Des scènes de liesse populaire avaient lieu dans tout le pays, Omiba Sanda incarnait l'espoir de tout un peuple, il était désormais libre après avoir subi les foudres du président tyrannique. Ils improvisèrent le soir même une conférence de presse pendant laquelle ils déclinèrent leur programme de campagne électorale en vue du scrutin présidentiel. Ils remercièrent chaleureusement tous ceux qui s'étaient battus pour leur libération, ils déplorèrent les morts et les blessés graves enregistrés durant les nombreuses manifestations qui avaient eu lieu en leur absence. Ils invitèrent les nyambarois épris de justice et de démocratie à se concentrer sur la victoire qui se profilait à l'horizon pour leur coalition politique.

Le nuage noir qui planait au-dessus du pays depuis des mois était en train de se dissiper, les esprits commençaient à se libérer, la joie et la bonne humeur s'emparaient de la population qui s'apprêtait à exercer son droit à choisir son dirigeant. La campagne électorale commença sous les meilleurs auspices avec des airs de retrouvailles populaires entre Omiba Sanda et son peuple. Ce dernier mettait toujours en avant son poulain Tariq Mwamba, qui avait eu la chance d'être choisi pour représenter la coalition de l'opposition radicale. Il faisait tout pour le faire adopter du grand public, qui ne le connaissait que depuis peu. Mais Omiba Sanda rassurait ses électeurs en leur disant que lui et Tariq Mwamba étaient en réalité une même personne, il leur expliqua que tout ce qu'il théorisait dans sa politique était en son candidat, que le plus important à prendre en compte lors de ce vote était les idées, et le projet que portait leur défunt parti, non la personne qui l'incarnait. Partout où ils passèrent pour appeler les gens à voter pour eux, ils étaient suivis par des milliers de personnes qui étaient heureux de revoir leur bien aimé leader politique ou bien tout simplement leur idole.

La campagne de l'opposition éclipsa celle de la coalition du pouvoir sortant. Le candidat de Sefu Mandeba tentait de suivre le rythme infernal imposé par Omiba Sanda et ses alliés, mais il n'y arrivait pas. Le peuple avait vomi tous ceux qui avaient été comptables de la gestion du pays depuis douze ans. Ils en avaient assez supporté, ils en avaient assez des procès politiques, des morts, des blessés graves, des saccages, ils voulaient faire entrer le Nyambara dans une nouvelle ère. La coalition au pouvoir dut distribuer beaucoup d'argent, des tee-shirts à l'effigie de leurs candidats et des centaines de voitures pour déplacer les militants pour pouvoir mobiliser lors de leurs meetings politiques. Ils se disaient confiants pour la victoire au premier tour lors du scrutin présidentiel, ils disaient qu'ils avaient le peuple à leurs côtés. Des scènes de violences eurent lieu dans quelques localités où les deux candidats les mieux placés dans les sondages se rencontrèrent. Mais Omiba Sanda calmait ses militants, il les invitait à ne pas répondre à la provocation des militants de la coalition du pouvoir, ce qui évita de faire dégénérer les situations de conflits.

Lors du dernier jour de campagne électorale, Omiba Sanda appela ses partisans à un grand meeting populaire dans un stade situé dans la ville côtière de Sangaly. C'était le clou du spectacle, le soir où il s'adresserait pour une dernière fois aux militants avant qu'ils n'aillent aux urnes. Le grand stade de Sangaly refusait du monde ce soir-là. Ils étaient des milliers à avoir répondu à l'appel de leur leader politique ; de nombreux curieux étaient également venus pour participer au spectacle. Omiba Sanda et Tariq Mwamba devaient arriver à Sangaly en début de soirée. Le stade était déjà animé, la musique de campagne jaillissait d'énormes haut-parleurs, tous les leaders de la coalition de l'opposition étaient présents. La soirée risquait d'être mémorable. Un tonnerre de cris et d'applaudissements accueillit les deux hommes les plus en vue du Nyambara.

Tariq Mwamba était devenu une star dans la politique depuis l'annonce de son choix comme candidat de l'opposition radicale. Il avait quitté l'ombre d'une cellule de la prison centrale de Soroké pour la lumière et les projecteurs d'un candidat sérieux au poste de président du Nyambara. Il était de nature calme, posée, mais son franc-parler faisait sa renommée, il était connu pour ne pas mâcher les mots quand il s'agissait de dire la vérité. Il était également connu pour être un rassembleur, un homme de consensus, toujours enclin au dialogue pour dénouer des situations difficiles. C'était le candidat idéal, en dehors d'Omiba Sanda, qui était frappé d'inéligibilité. Il allait le prouver ce soir-là. Omiba Sanda fut le premier à prendre la parole. Il rappela à l'auditoire les années de cheminement qui les avaient menés à leur position actuelle. Il évoqua les sacrifices, les privations, les douleurs, les peines, mais aussi les joies et l'espoir qui les avaient unis autour d'un objectif commun : faire du Nyambara un pays prospère et bien gouverné, où la justice prévaudrait. Tariq Mwamba lui emboita le pas, il déclina le projet qu'ils avaient pour le pays, un projet qui ferait bondir cette terre nourricière dans une autre dimension. Il présenta sa famille à l'assistance, qui fut enchantée de découvrir ce côté humain qui manquait tant aux politiciens traditionnels. Décidément, ce duo était taillé pour faire la politique autrement. La soirée se termina sur une belle note de feux d'artifice qui semblait augurer une victoire éclatante de leur coalition au scrutin présidentiel. L'histoire était en marche.

L'élection présidentielle se tint à la date qu'avait fixée le Haut Conseil des élections du Nyambara. Les nyambarois sortirent en masse pour accomplir leur devoir citoyen. On ressentait une immense ferveur en ces gens qui avaient lutté et payé le prix du sang pour que leur pouvoir de choisir celui qui dirige le pays ne soit pas confisqué. Les centres de votes refusèrent du monde jusque tard dans la soirée, les votants se regroupaient après avoir glissé leur enveloppe dans l'urne, pour discuter des tendances au niveau national. Parfois, les voix s'élevaient, les forces de l'ordre qui avaient pour mission de sécuriser le scrutin intervenait pour les inviter à rentrer chez eux, et attendre les résultats finaux. Aucun incident majeur ne fut annoncé dans les bureaux de vote au niveau national, la machine électorale était bien huilée malgré la période de trouble qu'avait connu le pays. Au crépuscule, les centres de votes fermèrent leurs portes. C'était désormais l'heure du dépouillage des bulletins de vote. La soirée allait être longue pour le peuple qui retenait son souffle.

Toute la population était rassemblée autour des télévisions et des radios dans les concessions. Des journalistes présents dans tous les centres de vote relayaient les résultats des premiers dépouillements en direct. Le compte à rebours pouvait commencer. Le Nyambara allait connaitre son nouveau président avant minuit. Les premiers résultats provenaient des bureaux de vote de la diaspora, qui avaient fermé plus tôt dans la soirée. Tariq Mwamba avait gagné une grande partie des voix exprimées. Il commençait la soirée électorale par un carton plein au plein des expatriés. Ensuite, les grands bureaux de la populeuse capitale, Soroké, commencèrent à donner les résultats de leur dépouillement. Dans l'ensemble des bureaux de vote, le candidat de l'opposition radicale laminait son adversaire de la mouvance de Sefu Mandeba. Plus la soirée avançait, plus des tendances claires émergeaient au niveau national. Sefu Mandeba était en train de se faire corriger dans les urnes à travers le candidat qu'il avait choisi pour représenter sa coalition. Il n'y avait plus aucun doute possible. L'opposition était en train de gagner ce scrutin présidentiel.

Une clameur était en train de se lever dans les faubourgs, dans les quartiers cossus, dans les villages, dans tout le Nyambara. Un frémissement était en train de parcourir cette belle terre d'accueil et de paix. Des cris de joie remplissaient les airs, des danses rythmées faisaient lever la poussière. La libération était proche, le ciel était en train de s'éclaircir au-dessus du pays. Vers 22 h, la victoire au premier tour était presque acquise à Tariq Mwamba, le peuple était déjà dans les rues pour fêter cette soirée historique. C'était la première fois qu'un candidat de l'opposition gagnait au premier tour un scrutin présidentiel devant un candidat du pouvoir. Le peuple nyambarois avait fait preuve de maturité et avait lourdement sanctionné Sefu Mandeba, pour l'enfer qu'il leur avait fait subir. Ils n'avaient clairement pas raté l'occasion d'exprimer leur colère, leur douleur, leur tristesse, à travers leurs bulletins de vote. Ils pouvaient désormais exulter, le tyran du Palais de Soroké était finalement tombé.

Cette nuit-là, les nyambarois firent la fête en l'honneur de La chute du tyran, ils chantèrent et dansèrent dans les rues jusqu'à très tard. Ils se couchèrent heureux, le sourire aux lèvres, sachant qu'ils se réveilleraient sous une nouvelle ère, celle de Tariq Mwamba, candidat de la coalition d'Omiba Sanda, comme leur nouveau président. Tard dans la soirée, des leaders politiques nationaux et du monde entier, des dirigeants étrangers, la communauté internationale, félicitaient déjà le président nouvellement élu, légitimant ainsi la cuisante défaite du candidat du pouvoir. Tout le monde louait la maturité, la résilience du peuple nyambarois face aux épreuves, le blason de la démocratie avait été redoré par cette écrasante victoire de l'opposition radicale.

Ainsi se tournait la page de Sefu Mandeba, le tyran du Palais de Soroké, le sanguinaire dirigeant. Il sortait du pouvoir par la petite porte, après avoir été humilié dans les urnes, par ce peuple qu'il avait tant méprisé durant ses douze longues années de règne.

Épilogue

L'heure du bilan final de ces douze années de pouvoir du président tyrannique était arrivée et il n'était guère reluisant. Sefu Mandeba laissait derrière lui un Nyambara à terre, surendetté, ravagé par le chômage massif chez les jeunes, et une administration remplie d'inégalités. Le pays avait certes bénéficié de grandes infrastructures routières et de génie civil, comme des ponts et des pistes de productions dans les zones reculées ou enclavées, certaines localités avaient eu la chance de bénéficier de projets d'emplois dans les domaines de l'agriculture, de l'artisanat, du commerce, mais la majorité de la population avait été lésée. Ce qui expliquait la forte tendance à l'émigration par des voies que l'on pouvait qualifier de suicidaire, comme la mer ou le désert aride. Les dernières années de son règne marqué par une quasi-permanence des manifestations violentes et des affrontements dans les rues de la capitale Soroké, qui, en plus de centraliser l'administration du pays, concentrait également son économie. Des industries avaient été paralysées, privés de leurs matières premières, des commerces et de grandes enseignes avaient été saccagés, les pertes sur le plan des finances, découlant de la forte instabilité politique qui prévalait, se chiffraient en centaine de milliards. Des milliers de nyambarois avaient été licenciés, des entreprises avaient mis la clé sous la porte. Le Nyambara, qui était connu depuis toujours pour son hospitalité, son accueil chaleureux envers les étrangers, et la richesse de sa culture, de ses paysages naturels, avaient vu la courbe de la fréquentation des touristes baisser drastiquement. Ils étaient effrayés par ces images de violences, de sang, par l'insécurité qui accompagnait la crise politique, ils étaient des milliers à avoir annulé leur séjour sur la terre de Nyambara.

La gestion de Sefu Mandeba était entachée d'une pléthore de scandales financiers, concernant la plupart de ceux qui avaient participé à la gestion du pouvoir durant ses deux mandats. Des individus sans aucun mérite sans aucune légitimité s'étaient engraissés sur le dos du contribuable, s'enrichissant illicitement à coups de milliards détournés, de pot de vins, de ristournes et autres dessous de table. Il avait livré l'économie du pays à des multinationales étrangères qui rapatriaient leurs bénéfices dans leur pays d'origine. Ces derniers faisaient travailler les nyambarois dans de mauvaises conditions et leur jetaient à la figure des salaires misérables, démontrant leur indifférence totale au respect de la dignité humaine. C'était en dénonçant ces crimes économiques dès le premier mandat de Sefu Mandeba qu'Omiba Sanda s'était fait une notoriété. Des contrats scandaleux sur les ressources naturelles, les produits halieutiques avaient été signés, en défaveur des intérêts du pays. Sefu Mandeba n'aimait pas le Nyambara, il n'aimait pas plus les nyambarois, il n'avait aucune once de patriotisme en lui, aucune once de dignité, il était aveuglé par le pouvoir.

Son bilan humain n'était pas meilleur, il était à l'origine de graves crises politiques en complotant contre ses adversaires politiques, en manipulant la justice. Ces crises politiques avaient duré deux longues années, elles avaient occasionné la mort d'une soixantaine de nyambarois, des jeunes âgés de moins de trente ans pour la plupart. Des centaines de blessés graves à la suite de tirs à balles réelles, des jets de pierre ou de grenades lacrymogènes étaient recensés du côté des manifestants comme des forces de l'ordre. Dans un délire de possédé, Sefu Mandeba avait ordonné l'emprisonnement de milliers de militants et sympathisants d'Omiba Sanda sans aucun procès pour des motifs inexistants. Ces rafles suivies d'emprisonnements systématiques avaient brisé des familles, détruit des carrières, ruiné des entrepreneurs et mis à l'arrêt des sociétés qui florissaient. La société était divisée entre ceux qui aspiraient au changement et ceux qui profitaient des privilèges du système mafieux en place. Une fracture sociale profonde traversait le pays.

Après douze années à souffrir le martyre, le peuple était enfin libre. Ils avaient rendu la monnaie de la pièce à celui qui leur avait mené la vie dure à l'intérieur des frontières du pays. Une quinzaine de jours après la défaite mémorable infligée à son candidat mal aimé, Sefu Mandeba passa le pouvoir à son successeur, Tariq Mwamba, l'homme que son pire adversaire politique avait choisi pour diriger le Nyambara. Ce dernier fit preuve de respect à son égard, tout en promettant de faire mieux que lui devant les magistrats de Cour Suprême et devant toute la nation. Il était temps selon lui d'écrire un nouveau chapitre pour le pays, de tourner la page de la terreur, de l'intolérance, de l'injustice, de la corruption et des inégalités. Immédiatement après la passation du pouvoir à son jeune successeur, le président tyrannique embarqua dans son avion pour quitter le Nyambara. Il avait déjà rapatrié sa famille vers un pays ami, qui lui offrait l'hospitalité. Il ne lui restait plus rien dans ce pays, il partait la tête basse, les épaules alourdies par le poids de la honte. Il savait qu'il ne paierait pas pour les actes sanguinaires qu'il avait commis parce qu'il bénéficiait de l'immunité présidentielle, mais il savait aussi que tous ses collaborateurs allaient répondre devant la justice pour les machinations perpétrées pendant son règne. Il ne pouvait rien faire pour eux.

Le Nyambara avait désormais retrouvé son calme et sa sérénité d'antan. La paix était revenue dans les cœurs et les esprits. Après le temps du bilan désastreux de Sefu Mandeba, il était l'heure de dégager des perspectives de sortie de crise pour la nouvelle coalition au pouvoir. Tariq Mwamba, dans son premier discours à la nation après son investiture, promit de mettre en œuvre dans les plus brefs délais le projet abouti qu'ils avaient pour le pays. Il rappela à tout le peuple que diriger le pays, détenir le pouvoir exécutif ne serait guère synonyme de jouissances pour eux. Ils comptaient se mettre totalement au service des intérêts supérieurs de la nation. Il promit à tout le peuple que les responsables de crimes économiques et de sang seraient poursuivis devant la justice. Il appela les nyambarois à l'union sacrée autour de leurs nouveaux dirigeants. Il martela avec force que le sacrifice des nombreux jeunes décédés dans des circonstances horribles dans leur âpre lutte contre la tyrannie de Sefu Mandeba ne serait pas vain. Ils allaient lutter contre la corruption, contre la malgouvernance, contre les inégalités sociales, contre l'injustice. Il informa le peuple que son leader de parti, Omiba Sanda était nommé Premier ministre du Nyambara, et qu'ils allaient se partager la lourde charge de l'exercice du pouvoir. Tout le monde adhéra à ce discours historique, en raison de son aspect fédérateur, apaisant mais aussi ferme. Les nouveaux dirigeants pouvaient compter sur l'adhésion totale de la population à leur projet de développement du Nyambara. Une nouvelle ère se dessinait, elle allait mettre au rebut toutes les tares de l'état, pour faire place à la transparence, à la bonne gestion, à une justice équitable, une économie souveraine, de meilleures conditions de travail pour la population, une prise en charge accrue des besoins des couches les plus vulnérables de la population.

Tous les analystes politiques nationaux et internationaux saluèrent la résilience de la population nyambaroise face au défi de la préservation de la liberté et de la démocratie dans le pays. Quand les dérives de Sefu Mandeba tiraient le pays vers les abysses de la dictature et de la tyrannie, le peuple s'était levé comme un seul homme pour lui faire face. Ils s'étaient érigés en un bouclier solide et impénétrable pour celui qui incarnait l'espoir du changement dans le paysage politique national à savoir Omiba Sanda. Ils ont payé leur résistance au système mafieux du président tyrannique au prix fort : celui du sang et de la privation de liberté. Malgré l'acharnement dont bon nombre d'entre eux étaient victimes de la part de l'état qui usait de force sans limite, ils n'ont jamais fui le combat, ils n'ont jamais cessé de dénoncer tout ce qui n'allait pas dans le pays, ils n'ont jamais eu peur pour leurs vies, leurs emplois, leurs entreprises. Ils ont placé l'intérêt supérieur du Nyambara au-dessus des leurs, ils se sont littéralement sacrifiés pour la cause.

Dès leur libération de prison, le tandem au pouvoir s'est engagé dans la course électorale pour l'élection présidentielle. Ils avaient été emprisonnés durant des mois, comme des milliers de leurs partisans, durant de longs mois, sans faillir à leur mission de sauver le pays d'un régime autoritaire qui abusait de la force répressive et qui utilisait la justice pour régler des comptes politiques. Ils étaient de vrais héros comme on en voyait si peu souvent dans l'arène politique. Tous ces nyambarois qui avaient payé le prix fort pour dégager Sefu Mandeba du pouvoir étaient des héros. Les ancêtres devaient être fiers de leurs descendants, qui avaient démontré à suffisance leurs capacités guerrières face à l'adversité et la brutalité du président tyrannique. L'espoir était permis de voir le Nyambara prendre un nouvel élan avec ces citoyens désormais très au fait de la chose politique et prêts à se battre jusqu'au sacrifice ultime pour que leurs droits soient respectés et que leur pays soit bien gouverné. Les nouveaux dirigeants étaient ainsi avertis.

Sefu Mandeba s'était installé dans un pays étranger avec sa famille. Il ne comptait pas revenir au Nyambara de sitôt. Il était devenu un exilé comme ceux qu'il avait persécutés durant son exercice du pouvoir. De nombreux nyambarois étaient d'avis qu'il devait être poursuivi pour tous les crimes commis sous son magistère. Seul le crime de haute trahison pouvait être retenu contre lui, sinon il pouvait jouir d'une liberté totale en tant qu'ancien président. Ainsi des associations de victimes mortes ou blessées au cours des manifestations violemment réprimées, mais aussi de nombreux organismes de défense des droits de l'homme décidèrent de déposer une plainte collective auprès de la Cour de Justice internationale. Ils fournirent avec le dossier de la plainte des preuves matérielles et numériques des exactions commises par les forces de l'ordre sous la gestion de Sefu Mandeba. Ils lui imputaient l'entière responsabilité de cette violence qui avait jalonné ses douze années au pouvoir. Ils voulaient que justice leur soit rendue.

Sefu Mandeba s'était emmuré dans un silence assourdissant depuis qu'il avait quitté le Nyambara, il ne fit plus signe de vie. Il était désormais employé d'un président étranger comme envoyé spécial, ce qui démontrait à suffisance, qu'il n'avait aucun scrupule et qu'il n'en aurait jamais. Il avait toujours été le vassal de puissances étrangères au détriment des intérêts de la nation nyambaroise. Sa posture démontrait encore davantage son mépris pour ce peuple qui l'avait élu. Il leur en voulait de l'avoir contredit, d'avoir lutté avec lui, de s'être opposés à lui, quand il menait le pays vers la faillite. Il en voulait à tous les nyambarois d'avoir défendu Omiba Sanda et d'avoir élu son poulain. Il ne ressentait que du dégout envers ses concitoyens. Il était devenu un paria, qui ne pouvait poser un seul pied sur cette terre qui l'avait vu naitre. Il en avait pour son compte en attendant les décisions de la Cour de Justice internationale.

Omiba Sanda devint le Premier ministre du Nyambara. Il était désormais le bras droit de son ancien adjoint de leur parti dissous. Il forma un gouvernement issu de la coalition gagnante, privilégiant l'expérience et les compétences dans le choix des membres. L'ère du partage du gâteau après l'accession au pouvoir était désormais révolue. Omiba Sanda rappela à tous ceux qu'il avait nommés qu'il ne les protégerait guère s'ils étaient coupables d'infractions dans le cadre de la gestion de leurs portefeuilles ministériels. Il promit de ne protéger aucun délinquant financier même s'il était issu de sa propre famille. De nombreuses décisions que Sefu Mandeba avait prises dans la précipitation après sa défaite cuisante à l'élection présidentielle furent annulées. Le jeune opposant devenu Premier ministre pouvait désormais dérouler son projet pour le Nyambara, il avait désormais le champ libre, avec la complicité de Tariq Mwamba, le président élu. Ce duo était promis à faire des miracles à la tête de l'état, ils allaient à coup sûr marquer leur empreinte en bien, les cinq années qui venaient.

Tariq Mwamba, devenu président du Nyambara, s'attela à discuter avec toutes les forces vives de la nation. Durant les premiers jours de son règne, il invita ces derniers à un échange, pour parler de la situation du pays et dégager des perspectives pour le développement. Il reçut également dans ses bureaux des représentants syndicaux, leur expliquant son ambition pour l'administration et la condition en général des travailleurs dans le pays. Il reçut des notables, des chefs traditionnels et religieux, pour également les mettre au parfum du projet qu'il portait. C'était un homme de consensus, ouvert au dialogue, posé, il avait le don de rassembler autour de lui. Beaucoup pensaient que sa désignation comme candidat de l'opposition radicale était un coup de génie, qu'il était le profil idéal. Il était émouvant de raconter son histoire. Il était un homme simple, issu de la campagne, mais ambitieux. Il avait brillamment étudié avant de devenir inspecteur des finances. Son franc-parler était légendaire, et ses premiers discours en tant que président l'avaient confirmé. Son destin était extraordinaire, il avait quitté une sombre cellule de la prison pour être logé au somptueux palais de Soroké. C'était un homme attachant et les nyambarois l'avaient adopté depuis le premier jour.

Lina Kambara, la jeune masseuse qui avait accusé Omiba Sanda de viol et de menaces de mort, s'était enfuie du pays. Elle vivait désormais dans un pays de l'hémisphère nord. Les hommes de main de Sefu Mandeba l'avaient aidé dans sa fuite, leur promesse avait été tenue. Ils lui avaient fourni une nouvelle vie loin des salles de massage. Ils lui avaient fourni assez de fonds pour vivre confortablement loin de ce pays que leurs mensonges et manigances avaient ensanglanté. Toutes ces morts, ces blessés graves, ces emprisonnements à foison, ne lui pesaient guère sur la conscience, elle n'avait pas de scrupule, comme Sefu Mandeba. Tout ce qui l'intéressait c'était son ascension sociale, sa revanche sur la vie. Mais à quel prix ? Elle ne pouvait plus poser le pied au Nyambara, elle avait reçu de nombreuses menaces de mort sur les réseaux sociaux. Sa vie serait gravement en danger si elle décidait de rentrer au bercail. Elle profitait des fruits de sa traitrise envers son pays, loin de ses concitoyens.

Les oracles de Zangala et le Conseil des sages de Makonga reçurent la visite du nouveau premier ministre. Ce dernier les remercia chaleureusement pour leur position patriotique durant la longue crise politique qui avait secoué le pays. Il les assura de tout mettre en œuvre pour la préservation de leurs cultures et traditions, ainsi que leurs terres, puisqu'ils étaient les dépositaires de l'héritage millénaire des ancêtres. Il les combla de cadeaux, que ces derniers redistribuèrent à la population. Les oracles et les sages furent unanimes à reconnaitre qu'ils avaient beaucoup d'espoir quant aux gouvernants. Ils avaient été témoins de leur âpre lutte contre le président tyrannique, ils les avaient aidés à leur manière en invoquant le Kukumba pour délivrer le dirigeant sanguinaire du démon qui le possédait. Cela avait fortement influé sur les décisions définitives de Sefu Mandeba et son acceptation de la victoire de ses plus farouches opposants. Ils promirent de toujours réitérer cette posture défensive si le pays était en danger, que le malheur voulait encore s'abattre sur cette terre hospitalière du Nyambara. Ils allaient constituer un mur défensif infranchissable pour les démons et leurs suppôts.

Les nyambarois retournèrent dans leurs activités quotidiennes, le cœur léger, l'esprit soulagé et confiant en un avenir florissant pour leur beau pays. Ils avaient retrouvé leur célèbre bonne humeur, les marchés grouillaient de monde, les rues étaient bondées, les routes embouteillées. Le bonheur se lisait sur tous les visages, l'ère de la colère et de la haine était terminée. Ils étaient prêts à accompagner ces dirigeants pour qui ils se sont battus, et pour qui ils avaient perdu des frères et des sœurs. Ce peuple était de nature pacifique, enjouée, accueillante, il était tolérant, mais il savait également se faire respecter quand le besoin se présentait, ils savaient se battre pour leur pays, ils avaient du courage pour faire face à tous ceux qui seraient tentés de les opprimer ou de les priver de leurs droits fondamentaux. C'était la beauté et la particularité de ce peuple à l'apparence docile, mais qui pouvait se révéler être un redoutable adversaire. Sefu Mandeba en avait fait les frais. De beaux jours s'annonçaient pour ce peuple meurtri, ils avaient fait le meilleur choix depuis qu'ils avaient gagné leur indépendance, en installant le duo Tariq Mwamba, Omiba Sanda à la tête du pays.

Ainsi se fermait la page du terrible et sanguinaire président Sefu Mandeba.

Cette histoire est riche en enseignements. Elle nous apprend qu'un bon dirigeant doit respecter la volonté de son peuple. Elle nous démontre également que le mensonge ne l'emporte jamais, jamais, jamais. On a appris avec Sefu Mandeba que l'argent ne peut pas tout acheter, surtout en politique. Omiba Sanda nous enseigne que l'honnêteté et la probité morale peuvent triompher en politique. Il nous donne une belle leçon de résilience face à l'adversité, il n'a jamais enterré ses convictions au profit de ses intérêts, même quand il se trouvait dans l'œil du cyclone. Avec lui, on a vu que la politique pouvait se faire dans la transparence, en instaurant le financement de toutes ses activités politiques par son propre parti et ses militants. Il a tenu un discours de vérité qui lui a valu beaucoup d'ennemis dans le pays, mais il a éveillé la conscience de tous les nyambarois sur l'exercice du pouvoir, sur les manœuvres douteuses et les manigances de la classe politique traditionnelle. La jeunesse des nouveaux dirigeants prouve à suffisance que le pays entrait dans une nouvelle ère politique.

FIN